「うわっ、なにこれ！」
ふわりと体が浮くような感覚を覚えた。
どこでもないどこかに行ってしまったような、
言葉で形容し難い謎の感覚に包まれる。

世迷言葉
Kotoha Yomai
新人ダンジョン配信者。リスナーに騙されて(自業自得)、五百階層の未踏破地域に転移してしまう。
風間雪音
Yukine Kazama
ユキカゼの名前で活動している、登録者は少ないけれど実力のある探索者。言葉の初配信にコメントするが……。

Sienna Cattrall
シエンナ・カトラル
世界第六位の探索者。
詳細不明を除くと唯一の女性Sランク
探索者であり、首姫の異名をもつ。
Allen Laster
アレン・ラスター
ARAGAMIの名前で活動してい
る、ランキング二位の探索者。
ソロでアメリカダンジョンの五十階
層を攻略するほどの実力をもつ。
Yumina Rastel
ユミナ・ラステル
アレンの秘書。
世界第三位の探索者。

「《旋風》」
駆ける。駆ける。駆ける。
すれ違いざまにモンスターの急所を正確に切り裂き、ドロップアイテムなど拾うはずもなく縦横無尽にダンジョン内を駆けていく。
「絶対に助けるから」

ダンジョンの最下層から
リスナーに騙されて
脱出RTAすることになった
著：恋狸
イラスト：都月梓

CONTENTS

イラスト：都月梓

1. やったね！　初手からピンチだよ！

「ふわぁ……眠い」

寝ぼけ眼《まなこ》をこすりながら、僕はガヤガヤ騒がしい酒場を見回した。

ダンジョンに入るための受付に併設された酒場には、全身鎧《よろい》を着た厳《いか》ついおじさんとか、ローブを着て杖《つえ》を持ったお姉さんとか、誰もがスマホに向かって何かを話している様子が見えた。

「慣れてる人多いなぁ」

別にこれは電話してるとかじゃなくて、ダンジョンに潜る待機場所で配信を始めてるだけだ。

——探索者はダンジョンに潜る際に配信することが義務付けられている。

遭難対策とか犯罪防止、とか色んな理由があるみたいだけど、僕も全て把握してるわけじゃないからよく知らないし興味ないいね。

重要なのは、僕が新人探索者であり、初めての配信を今から行うということだけ。

「よし、始めるかぁ！」

僕は腕を突き出し大きな声で気合いを入れた。

何事かと周りが僕のことを見るけど、気にも留《と》めずに手に持ったスマホを操作する。

新人講習が終わると同時に配付されたダンジョン特製のスマホは、配信機能だけでなく自分の現在位置や能力が確認できる上に壊れないという優れ物。

ドキドキしながら〈配信開始〉ボタンを押した僕は、少しだけ待ってから人が集まったことを確認して、初配信。ダンジョンチューバー、略してダンチューバーとしての産声《うぶごえ》を上げた。

「えー、どうもこんにちは。新人ダンチューバーの世迷言葉《よまいことは》です！　新人講習が終わったので早速ダンジョンに潜りたいと思います！」

〈おー、装いがまさに新人〉

〈守りたくなる〉

〈死ぬなよ〉

パラパラとコメントが送られてくると、本当に配信者になったんだ、と実感が湧いてくる。

「やっぱり最初の配信は同接が多いって本当なんだね」

同時接続……つまり、今この配信に何人の人が来ているのか、という数字が百六十人を記録している。

配信内においては全ての言語が自分の馴染《なじ》みのあるものに変換される、ってハイテクな代物だからかユーザーネーム的に外国人が多い……？　ような気がした。多分。

〈本当ゾ〉

〈これから応援するかふるいに掛ける意味もあるからな〉

〈新人くんには是非とも頑張って欲しいですねぇ〉

〈→なぜに上からｗ〉

ふるい……怖いなぁ。

コミュニケーション全般が苦手なんだよねぇ。幾ら死亡率を下げるためだとしても配信するかは自由にさせてほしい。

とはいえ、ダンジョンに入る時に配信を開始してなかったら自動で配信が始まるからどうしようもないんだけど。

プライバシーぷりーず！

「期待に添えるように頑張るね。まあ、今日は一階層を見て回る感じになりそうだけど」

〈それはそう〉

〈深入りした奴《やつ》が死んでく世界だからな〉

〈頼むからレーティング表示になるのはやめてくれよ〉

〈19歳の時に丁度死亡配信だったのマジトラウマなんだよ〉

配信者が過度な流血に陥ると、ＡＩが勝手に判断して18歳以下をブロックする機能がある。よく分からない不思議なパワーで18歳以下の人は映像が見られなくなるらしい。あんまり他の人の配信見ないから詳しくは知らないけど。

まあ、僕は死なないけどね！

堅実にコツコツとがモットーなんだよぅ！

「一階層で死ぬ方が難しいって言われてるけど、油断しないようにするね」

コメントの適当な励ましに頷《うなず》きながら、僕は受付で手続きをしてダンジョンに入った。

〈がんばえー〉

〈うむうむ〉


「ここが一階層かぁ……」


受付の美人さんにときめいて入場したダンジョン。

そこには石造りの洞窟のような風景が広がっていた。

光源は何もないけれど、ダンジョンの特性なのか、薄暗いのに視界はハッキリしていた。

ちょっと綺麗《きれい》に見えるね。幻想的ってわけじゃないけど、非日常感のワクワク的な……？


「分かれ道発見！」


分かれていることに関して特に意味はなく、四つの道は最終的に収束して次の階層へ行くための部屋に辿《たど》り着《つ》くことになっているのは地図で確認済み。

じゃあ分かれるなよ、と言いたい。

心の中でツッコミをしつつ、分かれ道の前でハァ、と息を吐いて立ち止まる。

微《かす》かに緊張していることは高鳴る心臓の鼓動で明白だ。

革の胸当てに丈夫な靴とズボン。

平凡な顔立ちの黒髪黒目が金属製の籠手に映った。

僕は剣帯に差してある安物のショートソードを握って気持ちを落ち着かせた。

〈緊張してるなぁｗ〉

〈初々しい〉

〈過度な緊張は危険だけど仄《ほの》かな緊張は大切〉

〈思い切り石畳に頭を打ち付けなければ一階層じゃ死なんから大丈夫よｗｗｗ〉

〈→６年前のレアケースやめろ〉

「……よしっ。じゃあ早速進んでいくよ。今日の目標はスライム三匹の討伐かな」

スライムは子どもでも簡単に倒せるほど弱いモンスターで、体内にある豆腐くらいの柔らかさの魔石を潰すことで消滅する。

スライムは人を襲わないし、水のように液体の体で這《は》って移動するだけの生物なんだよね。つまり雑魚《ざこ》中の雑魚。

〈んー、安パイ〉

〈新人の一日目は妥当だな〉

〈堅実に進むタイプは好感が持てる〉

〈ＳｗラｗイｗムｗＷ〉

〈→スライム舐《な》めるなよ。窒息で死亡者出てんだぞ〉

〈→それダンジョン内で寝てたせいだろｗ〉

ダンジョンで寝るってすごいな……。

緊張でとてもじゃないけど眠気に襲われる気配なんてないし、こんな魔物蔓延《はびこ》るダンジョンで横になることなんてできないでしょ。

「人いないルート選んだけど何でここいないいんだろ」

〈あー、三つ目ルートか〉

〈……まあ、大丈夫やろ〉

〈ちゃんと講習受けたもんな〉

「ん？　講習？　受けたよ」

〈ほな、大丈夫か〉

〈というか受けなきゃ探索者になれんしw〉

〈穴場っちゃ穴場だから安心して進めるぞ〉

何の話をしてるんだろう……？

講習はちゃんと受けたよ、うん。

寝てたけど。

異様に話長いんだもん仕方ないよね。校長先生の話だって真面目に聞いてる人いないでしょ？

やけに難しい説明が続いてたしそれと同じだって。

「お、あれスライムじゃない？」

道なりに進むこと五分。

前方からズルズル……と何かが這う音が聞こえてきた。

目を凝らして見てみると、丸みを帯びた青い液体状の生物が近づいていることが分かった。

特徴的にも間違いなくスライムだね。

僕はてくてく歩いて鈍足のスライムに近づく。
〈ス　ラ　イ　ム　が　あ　ら　わ　れ　た〉
〈相変わらずなんか可愛《かわい》い〉
〈殺すな！見逃してくれぇ！〉
「スライム死すべし、慈悲はない」
僕はスライムの体に手を突っ込んで魔石を握り潰した。
途端にサァ、とその姿を消すスライム。
〈うわあああああぁぁああ！！！〉
〈スライムぅぅぅぅ!!〉
〈なんて酷《ひど》いことを!!〉
〈様　式　美　w〉
〈スラ虐たすかる〉
コメントが一気に盛り上がる。
ただスライム倒しただけなのになぜ……？
「なぜかスライムって人気あるよねぇ。僕には分かんないや」
〈なんか可愛くない？〉
〈こう……クソ弱いのに頑張って生きてる感じが……〉
〈年に数万単位で殺されてること考えたら情が湧いちゃう〉

「スライムはスライムじゃん。モンスターにいちいち情が湧いてたら……ほら、スノーラビットとかどうなるんだよ」

スノーラビットとは愛くるしい見た目の兎《うさぎ》型モンスターだ。

結構下層に行かないと会えないモンスターで、見た目は本当にただの兎だから可愛い。

〈スノラビ許さん〉

〈油断させて牙で首千切るんやぞ、あいつら〉

〈大概スプラッタ配信になるからトラウマ〉

〈見た目と力と残虐さが合ってねぇんよ〉

〈スノラビ〇ね〉

〈アレはバケモン〉

〈スノラビだけは許しちゃおけない〉

今度は逆の意味でコメントが盛り上がる。

何やらリスナーの地雷を踏んでしまったようだけど、生憎《あいにく》と僕は人の配信はほとんど見ないから分からない。

「なんかごめん。とりあえずスライム倒したから褒めて？」

〈わーすごい〉

〈えらーい〉

〈おー〉

〈へー〉

〈ふーん〉

「棒読みやめろ。何気に初だよ⁉　倒したの！」

〈知らんがな〉

〈スライム倒してイキってんじゃねーよ〉

〈スノラビ解体してから言え〉

「急に罵倒されるじゃん。あと、どれだけスノラビに恨みあるの。討伐じゃなくて解体って部分に非道さを感じる」

〈魔物に慈悲はねぇ！〉

「スライムも魔物だよ？」

これはつまりスライムを虐殺する許可を得た、ってことで良《い》いのかな？

そんなわけで、ひたすら歩くこと数十分。

「なんか思ったより拍子抜けだなぁ」

歩けばどんどんモンスターに遭遇するものかと思ってた。

でも、全然遭遇しないし、戦闘より歩くほうが疲れるかも。

〈それで二階層行って死ぬんやで〉

〈二階層から難易度が跳ね上がるからな〉

〈油断ダメ絶対〉

リスナーの言葉にハッと現実に引き戻される。

確かに二階層からはゴブリンが現れて、死亡者がグッと増加する傾向にある……はず。

「そっか。堅実って言ってたもんね。あと、一時間くらい粘ってスライムが現れなかったら今日は帰ろうかな。ずっと歩いてる映像流されるのも暇だろうし」

〈それなりに話がおもろいから気にならん〉

〈肝が据わってるのかビビりなのか未《いま》だに判別つかないｗ〉

〈初手でスライム握り潰したのは最高だったｗｗｗ〉

「えー、だってスライムの魔石ってそんなに大きくないじゃん。効率の問題だよ。わざわざ剣使ってスライムと戦うの滑稽じゃない？」

〈分からないでもない〉

〈たかがスライムと侮って良い唯一のモンスターだからな〉

〈気づかれずに踏み潰されて命を散らすスライムくん……〉

〈→不遇すぎワロタｗ〉

〈認識すらされないの不遇どころじゃないだろ〉

あまりに弱すぎて逆に人気が出た、ってことらしい。

弱いモノほど可愛く見える的なやつかな？

……それにしても本当に現れない。

一階層の終点までまだ距離はあるし、下層の探索者たちはこんなに大変な道のりを歩んでいるんだなぁ。

「こんなに長い通路で探索者さんは大変なんだねぇ。なんか階層をスキップして渡る方法とかないのかな」

〈確かに場合によっては歩きっぱなしだもんな〉

〈今攻略されてるのが46階層だっけ？何階層まであるか知らんけど、行くだけでも大変なのに帰ってくるのもきついだろ〉

〈《ユキカゼ》階層スキップあるよ〉

コメントを眺めていると、思いもよらぬ人からコメントが送られてきて、僕は思わず「ほあっ⁉」と情けない悲鳴を漏らした。

「ユキカゼさん⁉　僕、ファンなんですよ！　いつも配信見てます！」

〈誰？〉

〈え、誰？〉

〈固定マーク付いてるってことはBランク以上か〉

〈Bランク以上とか100人以上いるから分からんな〉

〈《ユキカゼ》まじか。嬉《うれ》しいぜ〉

ユキカゼさんはBランクの探索者で、登録者は少ないけれど実力のある、僕が唯一見てる配信者でもある。

狐《きつね》の仮面にダボッとした服装で、中性的な声をしてるから性別は不明だけど、短刀を両手で二振り扱う姿は男心を非常にくすぐられる。くぅ、たまらないぜ！　的な？

「ユキカゼさんは僕が唯一見てるダンチューバーだよ。めっちゃすごいから見て！」

〈今までで一番テンション上がってて草〉

〈知らんけど見てみるわ〉

〈Ｂランク以上ってことは強いんだろうし見るか〉

〈《ユキカゼ》自分のチャンネルで人のこと紹介するの草〉

　配信内では寡黙だけど意外にコメントでは砕けた話し方するんだなぁ……。新たな一面が知れて嬉しい。

「あ、そういえばさっき言ってた階層スキップってどういうことですか？」

　そんな方法があるなんて聞いたことないけれど、僕の尊敬するユキカゼさんなら知っていてもおかしくない。

〈《ユキカゼ》もうちょっと行ったら白く輝く魔法陣みたいなのあるから入ってみｗｗｗ〉

〈おいこらｗ〉

〈分かってて言ってるやろｗ〉

〈確かにスキップと言えばスキップだけどもｗ〉

「ん？　どういうこと？」

　リスナーの反応がどこかおかしい。

　でも、僕はユキカゼさんが書き込んでくれたコメントにしか思考が割けなかった。

首を傾《かし》げながら歩くと、ユキカゼさんが言った魔法陣らしきものが見えてくる。
道幅の半分ほどを占める魔法陣は、確かに白く輝いていて幻想的だった。
「これが魔法陣かぁ」
〈せやで。魔法陣やで。一応（）〉
〈ネタでも近づくなよw〉
うーん……でもなぁ。
ユキカゼさんが言ってるなら危険はないだろうし。
「ユキカゼさんが入ってみ、って言ったしちょっとだけ入ってみるね！」
僕は魔法陣に一歩踏み出す。
〈ちょ、おいやめろ！バカ！〉
〈《ユキカゼ》え、ちょ〉
〈ユキカゼぇ!!〉
〈おいバカ〉
〈マジで入りやがった!?〉
〈本当に講習受けたァ!?〉
コメント欄のざわめきはもう僕の目に入ってこなかった。
なぜなら――視界が眩《まばゆ》く光輝いていたからだ。
「うわっ、なにこれ！」

ふわりと体が浮くような感覚を覚えた。

どこでもないどこかに行ってしまったような、言葉で形容し難《にく》い謎の感覚に包まれる。


――そして気づくと僕は崖のへりに立っていた。


「どこ……ここ」

――ボコボコと沸き立つマグマ。

視界いっぱいに広がる広大なフィールドは、マグマの赤色と地面の茶色に包まれていた。

更には崖下を覗《のぞ》くと、火を纏《まと》った狼《おおかみ》のような見たことのないモンスターが闊歩《かっぽ》している。

〈乙〉

〈マグマフィールドなんてあったか？このダンジョン〉

〈未踏破地帯ですね、お疲れ様ｗ〉

「ちょ、これどういうことなの⁉　ここどこ⁉」

さっきまであの石造りのダンジョンにいたはずだよね？

どうしてこんなヤバい所にいるの⁉　あの魔法陣が原因⁉　分からないんだけど‼

〈あの魔法陣は転移魔法陣っつー踏んだらランダムで何処かの階層に転移するもんなの〉

〈《ユキカゼ》ごめん、マジでごめん。本当に踏むとは思わなかった〉

〈→ごめんじゃ済まねーがｗｗｗ〉

〈確定で死んだんだよなぁ……〉

〈新人講習で習うはずだろｗ〉

パニックになった僕は、リスナーのコメントで事の重大さを把握することができた。

新人講習ね、うん。うん……

「新人講習寝てたんだよね、実は」

〈自業自得で草〉

〈バカ超えたバカだろ〉

〈無知は確死〉

〈何やってんのｗｗｗ〉

つまり、僕の無知が招いた事態ということになる。

ユキカゼさんが謝ることでもない。僕が妄信してアホみたいに踏み出したからこんなことになったのだ。

そのまま僕はダンジョン特製のスマホで現在位置を確認する。

「えぇと、なになに？　……は⁉　五百階層ってどゆこと⁉⁉」

〈マジ？〉

〈最新層の十倍は草〉

〈オワタやんけ〉

〈心配するリスナーいないの草〉

〈→自業自得だし年間死傷者十万人だし……〉

〈スプラッタ配信になる前にワイは抜ける〉

例のスマホは一切の偽装ができないようになっている。

つまり、五百階層という途方もない数字は紛れもなく事実。

加えて僕のレベルは二。

装備は安物の初期装備。

ごめん……僕死んだ。

「いや、本当にどうしよ。めっちゃ暑いし下にヤバそうなモンスターいるし」

そんな冗談言ってる場合じゃなかったよ。

やり残したことは別にないんだけど、普通にまだ死にたくないよ。十七歳童貞だし。高校辞めたくないし。

とは言っても万事休すなのは状況的に理解できる。ここから先を生き残るのが難しいことも理解できる。分かってしまう。

それでも僕は死にたくない。

潔くなんて死ねない。生きたい気持ちがある限りこの命を粗末にしたくないんだ。

「ごめん、みんな。僕の不注意で招いた現実だけど、どうか協力してほしい」

どこにカメラがあるのか分からないけど、とにかく僕は頭を下げる。

僕の周りを自動で映すという謎の機能が今になって恨めしい。そのお陰でリスナーも僕の状況を把握できるんだけど。

〈まあ、暇だから良いぞ〉

〈べ、別にあんたのためじゃないんだからねっ〉

〈誰得ツンデレ〉

〈《ユキカゼ》勿論《もちろん》手伝う〉

〈ユキカゼぇ！お前のせいだからなァ！〉

〈発端はおめーの言葉だからな〉

〈ぶっちゃけ逮捕されててもおかしくないぞ〉

〈人を破滅に追い込んだ気持ち聞かせて？〉

「ちょ、ちょ、待ってよ！　確かにユキカゼさんの言葉で行動したかもしれないけど、そもそも僕が講習をちゃんと受けていれば回避できたことだし、不用意に突っ込んだ僕が悪いよ。ダンジョン内で起きたことは自己責任でしょ？　それをユキカゼさんに押し付けることはできないよ」

僕はコメントの雰囲気が香ばしくなったことを察して止める。若干イジってるコメントもあるけど、ユキカゼさんを責める言葉が大半だった。

これは尊敬する人だから、って感情論で言ったわけじゃない。

事実として僕が悪い。勿論、ユキカゼさんが全く悪くないか、と問われれば世間は許しそうにないけど……。

〈まあ、一先《ひとま》ず主さんの脱出について話すか〉

〈無事に生きて出られたら無実になるからな〉

〈ここから脱出できたらどっちも英雄だろｗｗｗ〉

落ち着いたことに安堵《あんど》して、僕は改めて辺りを見渡した。

焼けるように熱い空気……というわけでもなく、真夏の日差しがガンガン当たっているような不快さがある。

「基本的にマグマベースだけど、しっかり歩ける道はあるかな。体感的な温度は35℃くらい。モンスターはでっかい狼みたいのだけ」

〈マグマがあるのに意外に温度低いな〉

〈ダンジョン内は生身でギリギリ生きていられる環境に設定されてるらしいぞ。上限は40℃、下限は－10℃〉

〈ホンマや。調べたら書いてあった〉

〈何とも都合が良いな〉

〈モンスターに遭遇しないで脱出することが前提になりそう〉

〈世迷のスペックは？　スキル何持ってん？〉

へぇ、温度関係でそんな事実があったんだ。

まあ、入った瞬間に死亡とかは酷いもんね。

「僕のスペックは……レベルは二。スキルは《鑑定》と《アイテムボックス》二つだけ」

〈便利だけどガチガチの非戦闘系統ｗｗｗｗｗｗｗ〉

〈何もできないやんけｗｗｗ〉

〈40年前のラノベ主人公かよ、お前ｗｗｗ〉

〈アイテムボックスで次元切断、ってかｗｗｗｗｗｗ〉

〈鑑定で敵の動きでも読む？？ｗｗｗｗｗ〉

「ちょっと、面白がってるじゃん!!　助ける気ある!?　それに言ってることよく分からないんだけども！」

《鑑定》はモンスターの名前とレベルが分かるスキル。

《アイテムボックス》は一定重量を収納できるスキル。

どっちも便利だけど、確かに戦闘には全く向かないスキルだ。

前提があるんだけど、スキルを発現したものだけが探索者になってダンジョンに潜ることを許されるんだ。

僕のスキルが発現したのは二年前。

正直、楽しくダンジョンに潜れれば良いと思ってたから非戦闘系のスキルでも満足してたけど……こんなことになるとは。

〈《ユキカゼ》一応スキルは後天的にも獲得できるから悲観するようなことでもないけど〉

〈運が良ければ、な〉

〈でも、目的は脱出だし強くなる必要はないんじゃ？〉

〈階層主どないすんねん〉

〈ボスモンスターの存在忘れてたｗ〉

〈駄目やんｗ〉

「階層主って戻る時にも倒さなきゃいけないの？」

〈一度倒していれば必要ない〉

〈倒してないんだよなぁ……〉

階層主とは次の階層に行くために倒さなければならない一際強いモンスターで、一階層ならちょっとでかいスライムだけど、こんな下層だと想像できないくらい強いに違いない。

もう一度言うけど僕のレベルは二。

「これ、詰んだんじゃない？」

〈それな〉

〈というか同接やばくね？〉

〈ホンマや。急にどうした〉

同接？

僕はコメントのざわつきでようやく〈１５０８６０人〉というとてつもない数字に気がついた。

「何これぇ⁉」

〈今地上波でニュースやってるよ〉

「ふぁ⁉」

その一言で僕は気が遠くなりかけた。

2. やったね！　腕は生やせるよ！

『緊急ニュース速報です。東京ダンジョンの転移事故に遭ったと思われる十七歳の男子高校生が未踏破地帯で遭難しました。事故に遭われたのは東京都港区に住む世迷言葉《よまいことは》さんで、本日午前九時頃に転移事故に遭ったとされています。世迷さんは現在も配信中であることから無事であることが分かっています』

＊＊＊

「い、いえーい、お母さん、お父さん見てる……？　一応無事でーす……なんちゃって」

〈黙れよ親不孝者〉

〈いえーいじゃねーよｗ〉

〈ある意味草〉

〈無事（笑）なんだよなぁ……〉

〈どんどん同接増えてくやん〉

とりあえず何か言ってみたけれど、数字を急激に伸ばす出来事に軽く混乱しているのが自分でも分かる。

つい数十秒前は十五万人だったのに、すでに四十万人を超えている。

やったね、大人気だよ!!

いや、不本意ィィ！

「……落ち着いた。これから僕の痴態が地上波で流されることに関しては見て見ぬふりをするよ。……多分、血はスプラッシュすると思うのでテレビ局の人は何とかしてください」

〈草〉

〈今北産業〉

〈転移踏む↑今ここ〉

〈いや、努力しろよw〉

〈丸投げで草〉

まあ、生き残る知恵を絞るための頭数が増えたと思えば、そこまで悲観するような事じゃないと思う。

問題は両親のメンタル的なアレだけど……うん、帰れたら謝ろう。

「とりあえず、これからどうするかさっさと決めたいんだけど、何か案はある？　ちなみに僕は講習受けたばかりの新人です」

新たに入ってきた人に向けて簡潔に説明する。

すると、大勢のコメントが視界に映る中、固定マークと呼ばれる上位探索者のコメントが輝いていた。

《《ARAGAMI》まずは休憩所を探すといい。アメリカ、ドイツ、イギリスのダンジョンで50階層から先は必ず一階層に一個休憩所と呼ばれる非アクティブエリアが存在する。大概洞窟にあるのだが……まずはそこを目指してこれからの方針を考えるのがオススメさ。微力ながら手伝いをさせてもらうよ〉

「えーと、アラガミさん？　ありがとうございます。休憩所って場所があるんですね。……じゃあ、そこを目指していこう」

〈探索者ランキング二位がおる……〉

〈アメリカのビッグスター……〉

〈知らないのかよお前w〉

〈ソロでアメリカダンジョンの五十階層攻略する化け物やぞ〉

〈どこが微力w〉

そんなすごい人だったんだ……失礼だったかな？

アメリカのビッグスターが僕の配信を何で……？

……ああ、未踏破だからか。これから足を踏み入れる場所として知っておきたいのかな。それは手伝ってくれるわけだよ。知らんけど。

「じゃあ、まずはモンスターに見つからないように洞窟を目指すことにしようか」

僕は早速行動を開始した。

巨大なモンスターがいる代わりにモンスターの数が少ない……って楽観的に考えられる場所だっ

たら良いんだけどね。

「地面も熱《い》いな……」

僕は岩陰にコソコソ隠れながら移動を始める。

現在の僕の位置は全体を見渡せる崖の上。

少し辺りを見れば、急勾配の坂がある。

「ここから下に降りていきます」

〈隠密《おんみつ》スキルもない上に鼻が利く狼《おおかみ》系統のモンスターがいる……ファイッ！〉

〈勝ち目なくて草〉

〈宝箱に伝説アイテム入ってて無双とかできないんか〉

〈《ユキカゼ》ボックス系のモンスターが擬態してる場合もあるから、一縷《いちる》の望みを賭けるにはリスクが高い〉

〈あー、そういうのもあるのか〉

ユキカゼさんがリスナーの疑問に答えてくれている。

僕もたまにコメントに目を移しながらコソコソと小走りで進む。

額から流れ落ちる汗と、胸の奥がキュッと引き締まるような圧迫感。

死を間近に感じる緊張が、全身を硬直させていくのがわかる。……これじゃあいざとなった時に動けない。

ふぅ、と息を吐いて力を抜く。肩肘張りすぎてても身を滅ぼすだけだよね。

「……よしっ。坂は抜けた。円形のダンジョンだから、壁際に沿って行けば洞窟があったりするのかな？」

〈休憩所って言うくらいだから中腹にありそうな気もするがな〉

〈ワイら休憩所の存在そもそも知らんのよ〉

《《ＡＲＡＧＡＭＩ》休憩所は分かりやすい形で示されていることが多いが、存在自体が謎に包まれていてね。どこにあるのか、なぜできたのかも定かではないんだ〉

〈はえー、そうなんか〉

はえー、そうなんか。

リスナーのコメントと同調しながら、僕はアラガミさんの言葉を咀嚼《そしゃく》する。

「つまり、当てずっぽうで危険地帯を歩くしかないってこと？　あらやだ鬼畜」

それ、なんて無理ゲー？

どれくらいモンスターがいるのかもわからないのに。

《《ＡＲＡＧＡＭＩ》妙と言えば妙だが、やはりモンスターの数が異常な程に少ないことが気になる。下層に行けば行くほどに五分も歩けばモンスターと遭遇するのは当たり前になる。それが、最初に見たとされる狼型のモンスター以外に見かけないというのはおかしい話だ〉

すっごい頭良さそう……。

どんどん広げられていく考察にそんな感想しか抱けない僕は、理解力が幼稚園児並みなんだろう。

自覚はある。

「確かにこれだけ広いのにモンスターと遭遇しないのはおかしいですよねぇ……でも、このまま行けば楽に突破でき――」

〈おいバカ〉

〈フラグ立てんな〉

〈え、ちょ〉

〈《ユキカゼ》逃げてぇ!!〉

僕がそんな言葉を吐いた途端に、頭上に影がかかった。

同時に酷《ひど》い悪寒と、身体的に感じる熱波が僕の表皮を焼く。

顔を上げたくない気持ちとは裏腹に、思考とは関係なく生きようとする本能が僕を突き動かす。

「あ、どうも……こんにちは……へへッ」

顔を上げた先にいたのは、例の炎を纏《まと》った狼で。

ザッと十ｍほどの巨体で、獰猛《どうもう》な牙を剝《む》き出《だ》しにしながら笑っている。

どう考えても逃す気はない。

「あのぉ、見逃してくれたりとかってぇ……」

そんな卑屈で媚《こ》びた声音は――。

「ワオオオオオオオオオオンンンッッ！！！！！」

耳を塞いでも鼓膜に響く絶叫に掻《か》き消《け》された。

「ですよねえええええ！！！！」

僕は踵《きびす》を返して脱兎《だっと》の如《ごと》く走り出す。

後ろを振り向かずとも、迫る熱波で追ってきていることは明白である。

これ、あかんて。

〈やべぇのきた！〉

〈やべえええええ！！！〉

〈でっかw〉

〈命乞いは草〉

〈お前、実は余裕ある？〉

《《ＡＲＡＧＡＭＩ》うーん、クレイジー》

《《ユキカゼ》がんばれ》

「っ、がんばるううう！！！」

明らかに舐《な》めて手加減している狼との地獄の鬼ごっこが開幕した。

「もおおおぉぉやだあぁぁぁぁあ！！！」

〈気合いで何とかなる〉

〈元気があれば大丈夫だ。走れ〉

〈終わったやんけ〉

〈フラグ立てるから……〉

〈見るからに舐めプしてるなｗ〉

コメント欄の緊張感の無さも、スマホに目を移す余裕のない僕は気が付かない。

レベル二の雑魚身体能力でどこまで逃げることができるのか。舐めプされてる今がチャンスなんだろうけども。

「無理いいいぃぃ！　逃げ場がないいいぃぃぃ‼　リスナー何とかしてえええ‼」

僕の豆サイズの脳みそじゃあ、打開方法なんてものは思いつくはずもなく、情けない悲鳴と鼻水をこぼしながらリスナーに縋《すが》り付《つ》くことしかできなかった。

僕が一縷の望みを懸けてスマホに目線を移すと――

〈葬式代《¥1,000》〉

〈楽しかったぞ！お疲れ様！《¥1,500》〉

〈燃え尽きる前に骨は拾えたら拾うｗ《¥2,000》〉

〈後で切り抜き上げて儲《もう》けさせてもらうわｗ《¥10,000》〉

「人の生き様で金を稼ぐなァァ！！！」

駄目だこいつら話にならない。

今更スパチャ貰《もら》ったって何の意味もないでしょうよ！　死んでること前提で話進めないでもらってもいいですか⁉

〈《ユキカゼ》貰ったスパチャでポーション買えるよ〉

〈《ARAGAMI》打開策は無いが、ポーションを買って口に含んでおくことで、ダメージを受けた時に回復できる。一本十万ほどで四肢欠損までは回復する〉

〈《ユキカゼ》三本代《¥300,000》〉

〈《ARAGAMI》何とかこれで生き残ってくれ《¥1,000,000》〉

「神はいたあああァァ！！！」

貰ったスパチャでポーションを買えることは知っていたけど、その額の大きさから無縁の代物だと思っていた。

しかし、ここでリスナーから葬式代だの儲けの分け前だのとふざけて頂いたスパチャが生きてくる。

「これが良心だよ、良心。覚えておいてねッ！」

さらりとリスナーに毒を吐いてスッキリする僕。

「ポーション……ポーション……これか！」

走りながらスマホを操作すると《ショップ》機能を発見した。

急いで開くと、中には〈ポーション〉〈食糧一日分〉〈水〉の三つが書かれていて、僕は迷わずにありったけのスパチャをポーションにつぎ込む。

その瞬間空中からポーションの瓶が数十本落ちてくる。

「うわっ！　あ、《アイテムボックス》！」

刹那の判断で僕はスキルを使用した。

空中に穴が空き、吸い込まれるようにポーションが入っていくのを確認した僕は、その中から早速一本を取り出して、口に含む。

まさしく小瓶で、お猪口《ちょこ》に入る程度の緑色の液体だ。

味は結構不味《まず》い。そんなこと言ってられないけどね！

「ふごごご！」

〈何言ってんだこいつ〉

〈一連の動作が神がかってて草〉

〈曲芸かな？ｗ〉

〈怪我《けが》する前提なの草〉

〈頑張れｗｗｗ《¥15,000》〉

逆に怪我しないでどうやって切り抜けるわけ？？

うん、スパチャありがとう。笑うなよ、刺すぞ。

「ガウァッ!!」

鬼ごっこを続けて五分ほど。

僕の体力も限界を迎えてきた。

狼も痺《しび》れを切らしたのか、どんどんスピードを上げて僕に迫ってくる。

まるで終わらないシャトルランをしている気分になった。

それでも僕をすぐに殺さないのは、狼のプライドか。ただ単に遊んでいるのか。矮小《わいしょう》な存在に本気を出すことが恥ずかしいのか。

モンスターの気持ちなんか僕は分からない。

けれど、生きるために必死に足掻いているのは僕だ。負けてたまるかと気張っているのは僕だ。

「ふぁへふぁんふぇ《負けらんねえ》！」

〈何言ってんだこいつ（二回目）〉

〈頑張ってるのは分かった〉

〈頑張ってるだけ〉

〈いよいよ別れの時間だな……〉

〈楽しかったよ〉

〈そろそろ飯の時間だから落ちるわ〉

僕のピンチ＜飯なの？？？

何で諦めムードになってるわけ⁉

死ぬ気ゼロ！

あーもう、熱いし脚はパンパンだし狼との距離は数メートルだし！

こんな文句言ったところで現状は変わらないんだ。

僕ができることはひたすら足を動かすこと。

ここで死んだら両親は悲しむむし、数少ない友達も多分きっとメイビー恐らく限りなくイエスに近い感じで悲しむに違いない。

それに……ここで死んだらユキカゼさんはどうなる。

世間からの批判を一身に受けることになってしまう。

それが僕は一番許せない。

僕が死ぬことで不利益を被《こうむ》る人がいる限り死ねない。

「ふぃんふぇふぁふぁふぁふぁあ《死んでたまるか》！」

——そう叫んでも、嘆いても。

余りにも現実は非情だった。

さっきまでとは比にならないくらいの熱波と、ゴゥと迫る人間大の火球が視界に映る。

僕は咄嗟《とっさ》に躱《かわ》そうとしたけれど完全には躱しきれずに、左腕が完全に焼き尽くされた。

「ギャァァ!!　僕の腕がァァ……あ、生えてきた」

〈いや、草〉

〈情緒大丈夫そ？〉

〈レーティングかかったから死んだかと思ったらバリバリ元気やったｗ〉

〈あ、生えてきたは草〉

〈《ＡＲＡＧＡＭＩ》すごいね、君。うん、色々と〉

痛いのは一瞬だけで、神経まで完全に焼き尽くされたからか、思考する余裕まであった。

ジュッ……！　って音がした時は終わったと思ったよ、正直。上手に焼けたよね、うん。

そんなわけでポーションごっくん。

期待を裏切ることなく腕が……こう……ニョキッと生えた。

なんか筋繊維から生えるとか気持ち悪い感じでは全然なくて……新しい腕がそのまま生えてくるみたいな？　いや、それはそれで気持ち悪いじゃん。まあいいや。

こうしてリスナーの下馬評を覆してやったわけだが、依然としてピンチなことは変わってない。

「リスナーァァ！　ハァッ、楽しんでるの許さないからなァァ！」

とにかく僕は叫ぶ。

リスナーの大半が、ぬくぬくした家の中で笑いながらこれを見てる姿を思い描いたらムカムカしてきた。

僕が大変な目に遭っているというのに。許せん。

「二本目えええ‼」

僕は《アイテムボックス》からポーションを取り出して再び口に含む。

あ～、効くんじゃ～。

……脳がやられてるのか変な怪電波が飛んできたな。

ともかくとして！

狼は若干「なぜ？」って感じで戸惑いつつも追いかけてきている。相変わらず手加減しているけど、油断すればパクリと一撃。

その光景が目に浮かんで、僕は思わずゴクリとポーションを飲んでしまった。
いや、何やってんの僕。
バカなの？　バカだったよ、忘れてた。バカだから。
「どうにかする方法ない⁉　教えてリスナー！　今度こそ！　何か良い感じの！」
僕は再び望みを懸けて叫ぶ。
時間が空いたし少しはまともな案を思いついてくれると嬉《うれ》しい。
〈あー、どうしようもないんじゃね？〉
〈一か八か素手でタイマン〉
〈ステゴロ特攻で行こうぜｗ〉
〈ただでさえピンチなのに縛りプレイするの草〉
〈気合いで頑張る〉
「役に立たないなァァァァァァッ‼」
諦めるなよ！　そこで！
もっとあるじゃん……ほら、起死回生の一手がさァ！
僕は今思考に意識を割く余裕がないの！
〈薄氷の上で漫才すんな〉
〈実は余裕説を唱えたい〉
〈《ユキカゼ》先程逃げてる最中に洞窟っぽいの見つけた。そこから右方向〉

《ＡＲＡＧＡＭＩ》私も見たよ。休憩所っぽいね。そこまで頑張って走れれば生き残る確率は上がるだろう〉

「洞窟⁉　本当に⁉　ユキカゼさん、アラガミさん、ありがとう‼　……ほら見たかァァァ！　これがリスナーのあるべき姿だァ！　人の不幸見て笑ってるアホは見習いなさい！！！　ハァハァ……」

〈はー、キレたわ〉

〈そんなこと言っちゃって良いんですか？〉

〈地上波だぞ、自重しろ〉

〈ワイら助言しないけど……良いの？〉

〈敵増やしてこの先生き残れるんですかねぇ……〉

「ごめんなさいッ！」

〈鮮やかな掌《てのひら》返し〉

〈即堕《お》ち二コマで草〉

〈謝れて偉い〉

いや、よく考えればまともな助言貰ってなくない⁉

ノイズにしかなってない気が……きっとこれから素晴らしい助言をしてくれるのを待とう。

「というかポーションって……ハァ、体力も回復してくれるんだね！」

一本目を飲んだ際に体の疲れまで消えた。

傷だけじゃなく体力まで回復してくれるなんて、素晴らしい優れものだね。一本十万円なのが安く見える。

〈はえー、そうなんか〉

〈【速報】無限シャトルラン決定〉

〈一応終わりは見えたから！多分〉

〈ただの洞窟エンドに一票〉

「そういうフラグ立てるのやめて⁉」

「ギャウッ！」

「いってえええええええぇぇ‼」

狼の気配が近づいたかと思えば僕の左腕が宙を舞っていた。

それが狼の爪によって斬り裂かれたことは、遅れて痛みが生じてから気がついたことだ。

焼けるように痛くて、熱くて。

痛い……痛い……痛いな⁉　思ったよりッ！

でも、燃やされる痛みを味わった後だからか、思考能力が失われる最悪の事態は避けることができた。

情けない悲鳴を上げながら僕は《アイテムボックス》からポーションを右手で取り出し、曲芸染みた動きで飲んだ。

「復活ッ！」

〈雑技団出身なん？ｗ〉

〈明らかにポーションの飲み方が気持ち悪い〉

〈アイテムボックスから片手で取り出して……蓋を親指で外して……前方向にぶん投げて……落下地点に素早く入って……飲む〉

〈……あれ、いらない動きが幾つか……〉

〈腕吹き飛ばされたのによう諦めんなぁｗ〉

〈何で痛みに耐えられるん？ｗ〉

〈やってることゾンビアタックやんけ〉

「混乱してたの!!　そのまま飲もうにも片手失って体のバランスが取れないし、あれが一番効率良かったんだって！」

言い訳しながら復活した左腕を使って、ポーションを口に含む。すでに三本……四本？　くらい飲んでいる。

僕は気合いで走り回りながらユキカゼさんの言っていた洞窟の場所を目を凝らして探す。

「ふぁふぇか《あれか》！」

僕は岩で出来た山の麓にポッカリ穴の空いた場所を見つけることができた。紛れもなく怪しい。

穴の形が綺麗《きれい》すぎる。

まるで人工的に作り上げたような違和感。

〈おぉ、マジで生き残れるかもしれねぇやんｗｗｗ〉

〈盛り上がってきたァ！〉

〈頑張れェ！〉

〈《ユキカゼ》耐えてくれ〉

〈《ＡＲＡＧＡＭＩ》興味深いね〉

そんなコメントを見ることなく、僕は一心不乱に足を動かす。

最早《もはや》熱いとか痛いとかどうでもいい。

生き残れる唯一の道を目指して僕は希望に向かって走る。

油断など一切ない。

洞窟まで残り二十ｍ。

狼が僕に牙を届かせるまで残り十ｍ。

これだけ焦っていても手加減はしている。

その気になれば一瞬で詰める距離を跳躍せずに、わざわざ走って追いかけてきているのだ。

唸《うな》れ僕の貧弱な筋肉。

届かせろ天運。

そして再び、僕の体を余裕で覆い尽くす程の火球が後ろに迫ってきた。

——ジュッ。焼けた。

「——っ、っまた火球かよ‼　芸が無いなァ！」

全身焼かれたけどポーションで復活できた‼

そしてコンガリジュワッと焼かれてる間に時間の余裕を作ることができ、僕は無事に洞窟に辿《たど》り着《つ》くことができた。

「グルルルゥッ……ッ‼」

狼が唸りを上げて洞窟内にいる僕を睨《にら》む。察するまでもなく噛《か》み締《し》められた口元から、怒りで一杯なのは理解できた。

洞窟の入口の幅が五メートルほどで、大きさ的にも入れないけど、攻撃を仕掛けてこないことから非アクティブエリア……モンスターの侵入が不可になっているらしい。

依然として狼が睨みつけてくるのは怖いし早く何処《どこ》かに行ってほしいけどね……。

僕は一息ついてスマホを取り出す。

コメント欄はまさしくお祭り騒ぎだった。

〈生き残ったァァァァァッ‼〉

〈すげえええええええ‼〉

〈最後炎上（物理）した時はもうあかんかと思ったｗ〉

〈《ユキカゼ》よく持《も》ち堪《こた》えてくれた……《¥100,000》〉

〈《ＡＲＡＧＡＭＩ》一秒でもポーションを飲むタイミングがズレてたら死んでたね。運もあるけど、これはきっと生にしがみついて手繰り寄せたものだよ。おめでとう《¥10,000,000》〉

〈世界二位のスパチャ額がエグい……〉

〈二位も認める絶体絶命をよく乗り越えたなｗ〉

〈めでてぇ《￥20,000》〉

〈よくやった《￥30,000》〉

うん……うん。

「勿論《もちろん》嬉しいんだけど、お金貰ったところであんまり利がないんだよね。僕がジエンドした時に自動で家族の口座にレッツゴーするなら良いんだけどさ」

〈お前今生き延びて調子乗ってるやろｗ〉

〈そこはかとなく感じる余裕〉

〈緊張感ないのは今更なんだよなぁ〉

〈配信者の才能しかねぇわ〉

いや、まあ調子乗ってるというより安堵《あんど》と疲れでテンションがおかしいだけかな。

自分でテンションがおかしいって自覚があるのに、どうもこの昂《たか》ぶる気持ちを抑えていられない。

「なんかムカついてきた」

〈なにに？〉

〈誰に？〉

〈どんなことに？〉

〈連結すな〉

「タイミングが良いと思わない？　まるで分かってました、はいドーン、みたいな登場の仕方でさ。おまけに手加減して舐めプかましてたし」

僕は何を考えたのか、目の前の火を纏う狼にキレていた。

手加減されてたことに怒ってるわけじゃない。そのお陰で生き残れたわけだし、最初から全力だったら秒で死んでる。

……生き残れたからバンザイ、なんて溜飲《りゅういん》が下がるわけがないんだよね。せめてこのやり場のない怒りをぶつけたい。

「あああぁッ!! このクソ狼ッ！ 舐めプして呆気《あっけ》なく逃げられた雑魚！ 捕食者のくせして燃やすしか能がない芸もない貧弱哺乳類！ 起きた事象も理解せず思考停止するおバカ！ バーカバーカっ！」

〈草〉

〈バチクソ煽《あお》ってるやんけ〉

〈貧弱哺乳類とかブーメランだろ〉

〈意味分からんくてもキレるやろ、これはｗｗｗ〉

〈《ARAGAMI》君、好き〉

〈世界二位にラブコールされとるｗｗｗ〉

〈《ユキカゼ》世迷くんは私のです〉

〈なんで張り合っとんねんｗ〉

なんか少し鬱憤晴らしてる間にユキカゼさんから所有物アピールされてる。アラガミさんは……

なんか結構エンターテイナー気質だよね。

——ドガァッ！


「うぇっ、なに⁉」

突如響いた轟音《ごうおん》に僕はビクッと体を震わせる。

音の震源地を恐る恐る見ると……。

「ガゥッ！」

「怒ってるよねー、やっぱり」

狼が顔だけを洞窟の入口に近づけながら低く唸っていた。よく見たらイケメンフェイスじゃん、やだー。

炎纏ってる時点で減点かな。

なんて冗談はさておき、さっきの轟音はどうやら狼がキレて火球を放った音のようだった。ものの見事に効果無かったみたいだけど。

〈やっぱキレてんじゃねぇかw〉

〈謝れ〉

〈土下座しろォ！〉

〈被害者が加害者に土下座するという現代社会の闇を詰め込んだ縮図……〉

〈草〉

〈とりあえず標的がいるんだし鑑定しとけば?データ分かれば対処できるかもしれんし〉

「鑑定……確かに。頭良いね」

お前よりはな、ってコメント言ったリスナー許さん。それはさておき、鑑定しろ、というコメントはその他にも結構あった。

レベルと名前が分かったところで対処も何もないと思うんだけど……まあ、そこは有識者に任せようかな。

僕は睨みつけてくる狼を注視して唱える。

「《鑑定》」

すると、脳内に情報が刻まれる。

＊＊＊
《ネームドユニークボス個体》
名前　スコル
種族　陽狼
Lv．１２４０
＊＊＊

「う――――――ん……チート！」


情報を確認して改めて狼の凄《すさ》まじい強さを感じた。

その割には舐めプして捕食対象を逃がすポカをやらかしてるけどね。小物臭がすんごい。

「えーとね、ネームドユニークボス個体？　の名前がスコル。種族が……なんて読むんだろ。太陽の陽に狼。レベルが１２４０らしい。ハハッ」

思わず乾いた笑みを披露してしまう。

〈ね、ネームドユニークボス個体だってぇ⁉〉

〈その反応は知らんやつや〉

〈ネームドとユニークとボス、それぞれは知ってるけど複合してるのは知らんな〉

〈全て強い（小並感）〉

〈五十階層のモンスターのレベルが平均六十八でしょ？ヤバいやん〉

〈どう足掻いても勝ち目ゼロなんだよなぁ〉

〈《ＡＲＡＧＡＭＩ》やはりこの５００階層はフィールド全体がボス部屋になっているようだ。つまり――その狼を討伐しない限り出ることは叶《かな》わない〉

終わったじゃん。完全に。

有用な情報いつもありがとね、アラガミさん。

それはそれとして同時に絶望を突きつけてくれてありがとねぇぇ‼

「よし、寝るか」

〈現実逃避するな〉

〈したくもなるだろうよｗ〉

〈逃げんなｗ〉

〈レベル二の新人冒険者vs.レベル１２４０の明らかに強そうな狼……ファイッ！〉

〈目に見えた結果にちびりそう〉

〈ファイッの土俵にすら立てない件〉

〈《ユキカゼ》絶対助けに行くから〉

僕が疲れとその他諸々《たもろもろ》で意識を飛ばす中で、僕は最後にユキカゼさんのコメントを見て視界が黒に染まった。

3．やったね！　虫のいい話は無いよ！

「ふわぁ……おはよー」

〈乙〉

〈随分気持ち良く寝てたなｗ〉

〈よくもまあ固い地面で八時間も寝られるわｗ〉

そんなに寝てたんだ。

僕ってば健康優良児だから八時間くらい寝ないと眠気で思考が停止しちゃうんだよね。

「たとえダンジョンだろうと僕の睡眠を邪魔する奴《やつ》は容赦しないよ」

無駄にキリッとした顔で言ってやった。

〈あの狼《おおかみ》は？〉

〈狼すらも歯牙にかけないと……〉

「ごめんなさい調子に乗りましたチート狼だけは勘弁してくださいお願いします」

〈草〉

〈速すぎる掌《てのひら》返し〉

〈でしょうねｗ〉

〈何コントみたいなことやってんだよｗｗｗ〉

〈地上波で流れてるって分かってる?〉

そういえばそうだった。

確かに同接も最早目を覆いたくなるような人数だし、地上波で流してるなら納得できる。

「え、でも八時間も経《た》ってるのにまだ地上波で流れてるの?」

〈NTD放送局が全枠をおめーの配信にしてる〉

〈金になるから、って思い切ったことをしやがる〉

「何やってんの国営放送」

いや、本当に。

僕の痴態が全国に広がるのはもうどうでもいい。諦めた。

でも、まさか二十四時間ずっと監視状態とは思わないじゃん。僕のプライバシーがズタボロなんだけど訴えたら勝てる?

「ドキュメンタリー番組かな?」

〈ある意味そうw〉

〈そう言われればそうじゃんwww〉

〈ガチの命懸けで草〉

〈誰も踏み入れたことのないダンジョン深層……勇気ある青年が今踏み込む――!〉

〈なお、不本意な上に自業自得とする〉

〈勇気じゃなくて蛮勇の間違いだろ〉

〈草〉

〈草〉

〈ドキドキはしてるな、ずっと〉

「え、ってことは僕の片腕焼失事件と片腕もげた事件と全身大炎上事件は映ってるってこと？　やだ、恥ずかしい」

それはコンプライアンス的に大丈夫なの？

お茶の間に流しちゃいけないブツが漏れ出てるけども。これからも漏れ出るつもりだけど。

〈ダンチューブと直《じか》に繋《つな》げてるからレーティングかかる〉

〈まあ、18のワイは飯時に血を見たがな〉

〈それはドンマイ〉

〈レーティング機能が出てから過激なモノでも地上波で映せるようになったからなぁ……〉

〈昔じゃ考えられん〉

〈恥ずかしいのポイントがおかしくて草〉

〈やだ恥ずかしいじゃねーよ〉

確かにそれなら……って思ったけど、結局僕の焼失と消失事件がお茶の間に流れた事実は変わらないじゃん。

見苦しいもの見せて本当にごめん。

「でも、レーティング機能といいダンジョンの配信機能といい、今じゃ当たり前だけどこの技術すごいよね」

〈それな〉

〈ダンジョンの魔石とスマホを合成したらできたらしいけど〉

〈魔石便利すぎワロタ〉

〈魔石があればエネルギー問題はおろかその他の科学的問題が全部解決したもんな〉

ダンジョンは沢山の死傷者を出したけれど、時代を何世紀も進めた、なんて言われることもある。

便利な世の中になったのは間違いないけど、そのために多大なる犠牲を出し続けてるのは如何《いかが》なものかな、とは思う。

そんなこと言うならダンジョンに行かなきゃ良《い》いだろ、って話なんだけどね。結局は。

「ま、細かいことは気にしないで、これからの方針を決めようと思うんだ」

意見交換大事。

リスナーがタメになることを言ったことはほとんどないけれど、未来への投資の意味合いも込めて意見交換を図ろうかと思う。

現状は絶望に絶望を足して絶望を飾った感じ。

諦めたのか何処《どこ》かで虎視眈々《こしたんたん》と狙っているのか、狼は姿を消していたけどまた襲ってくることは間違いない。

〈無理じゃね？〉

〈諦めれば？〉

〈食糧と水はショップで買えるんだし救助待てば？〉

〈何十年かかるやら〉

〈それでも死なないだけマシじゃね〉

「薄情だなァ！　リスナーァ！　もうちょっと建設的な意見出せないの⁉　……いや、まあ救助を待つのが一番良いのかもしれないけどね？　そもそも救助がやってくるのかも分からないし、この救助は犠牲者が出すぎる」

ブレーンストーミングでもやろうモノならリスナーがふざけるのは目に見えてる。

現実的じゃない意見はバッサリ切るのが良い。

〈500階層だもんなぁ……〉

〈救助しに行ってるのに死んだら元も子もないからな〉

〈ミイラ取りがミイラになるわな〉

〈とは言っても狼に勝てる確率はゼロだろ？〉

「僕の強化が必須か。ポーションでゾンビアタック仕掛けても倒し切る前に脳潰されて死ぬだろうし。スキルを増やそうとするのも現実的じゃないよねぇ……」

〈やっぱり詰んでる件〉

〈どう足掻《あが》いても勝てるビジョンがねぇw〉

〈宝箱や！宝箱を発見するんや‼〉

宝箱ねぇ……。

そんな都合のいい物が転がってるわけがない。

ユキカゼさんが言ってたようにボックス系統の擬態モンスターだった場合は間違いなく死ぬし。

と、思ってたけれど。

《《ARAGAMI》あの狼がボスモンスターである以上、宝箱があれば確実にアイテムが入っているはずだ。諸説はあるが、フィールド全体がボス部屋である以上、ここは狼の縄張りだ。たとえ擬態モンスターとはいえ居座ることはできない。多分》

アラガミさん！　アラガミさんじゃないか！

初めて絶望じゃなくて希望を持てる情報をくれた！

……ん？　多分？

「アラガミさん、ありがとうございます！　確かにその可能性は高いね。宝箱を見つけることができるかは分からないけど、一発逆転のチャンスがあるならソレかも」

多分って言葉に不安要素はある。

それに、運任せにするのは性に合わない。でも、そうも言ってられない。

……宝箱に入ってるアイテムで狼を倒せる確率は限りなく低いと思うけど。

〈最早《もはや》ガチャ〉

〈宝箱を探しに行くには狼を倒す必要があります！〉

〈前提が逆で草〉

〈確かにフィールドのどっかにあるなら狼と会うだろうしｗ〉

〈やっぱり詰んでるんじゃねーかよ〉

「まあ、そうだよね。ここから出られない以上、宝箱に関しても諦めた方が良さそう。……うーん、案がないわけじゃないんだけど、纏《まと》まってないから今は別のことをする」

実のところ倒す方法についての案はある。

あるにはある。でも、実験もできなければ倒せる保証もない。正《まさ》しく博打《ばくち》のような考えだ。

意見交換するには浅はかな考えを、僕は披露しようとは思わなかった。

「よし、洞窟の探索に行くことにするよ。見た限り奥行きがあるみたいだし、何かヒントが眠ってるかも」

僕は立ち上がって宣言する。

……筋肉痛でちょっと痛い。

〈妥当か〉

〈何事も知らないと何にもできないからな〉

〈さんせー〉

〈洞窟の奥にモンスターいたら笑えるｗ〉

「笑えないからね？　洞窟の奥にモンスターがいた時点で僕の冒険は終わるよ？　そういうフラグ立てるのやめよっか」

ふふふ、と我ながら非常にいい笑顔で不穏の種を摘む。

〈痛い目にあったからかやけに慎重だぞ！〉
〈フラグニキは黙ってもろて〉
〈あら、いい笑顔〉
〈目の奥が笑ってないのは気のせい？〉
〈まあ、こんがり焼かれた後だしなw〉
リスナーの反応が軽い……軽いよ。
他人事《ひとごと》だと思っちゃってさぁ……実際他人事だけど。
「洞窟の探索かぁ」
洞窟の奥を注視してみる。
中は薄暗い。けれど壁が微《かす》かに光っているために、視界は確保できている。
どこにも光源がないのになぜ？　って思うけど考えちゃダメなんだと思う。
ダンジョンの神秘性が物理法則に反すれば反するほど気になってしまう。文系なのに。
「うーん、どこまで繋がってるんだろ。休憩所なのに休憩させる気ないいじゃん」
〈それな〉
〈もう充分寝たやろ〉
〈ここまで道が長いと意味がありそうだけどな〉
〈これは洞窟の出口に狼が待ち構えてるパターンでは……!!〉
〈フラグニキ黙れよ〉

フラグ立てる人は僕のことそんなに殺したいのかな？

絶対に実現させてやろうという謎の執念を感じるんだけど。

言葉は言霊って言うしやめてよね、本当に。

「そういえば今って夕方なんだよね？　思っきり寝たせいで時間感覚ズレるなぁ……」

ダンジョン特製スマホには18時46分と表示されていた。少しだけお腹《なか》は空いているけど、緊張で物を食べられる気がしない。

うん、でも喉は渇いてるし熱中症は嫌だから水でも買おうかな。

「皆から貰《もら》った葬式代で水買うね」

〈根に持ってて草〉

〈嫌味やん〉

〈憶《おぼ》えてたのかよｗ〉

〈冗談やって〉

「全然根に持ってませーん。貰うものは貰うし有効活用させてもらうよ。ただし切り抜き上げて儲《もう》けようとした奴は許さん」

別にリスナーから生存を諦められたって怒ってないし。

いつまで経っても有用な情報をくれないから見限ってるとかじゃないし。

〈【朗報】祝！一時間で２００万再生！〉

〈あのやけに字幕とエフェクト入った切り抜き上げたのお前かよ……〉

〈本当に稼いでて草〉

〈無駄に技術を集約させた切り抜き上げてたのお前か〉

「本当にやったの⁉　え、僕の口座に儲けの何割か入れといてよね。てか、何で多方向に広めようとするのさ。僕の切り抜き上げたって需要ないでしょ」

地上波で放送してるんだからわざわざ過去を振り返らなくても良いじゃん。

僕のデジタルタトゥーが刻み込まれてるの現在進行系だからね。常に。

行動全てが黒歴史になり得るのすごいデバフ抱えてない？　この世の中生き辛《づれ》ぇ！

〈サラッと儲けに乗っかろうとしてるしw〉

〈何割で良いんだw〉

〈需要ありまくりだぞ〉

〈配信だから見逃したら終わりだし〉

〈録画とかもできないんだからな。よく考えろよ〉

〈需要あるに決まってるだろ。馬鹿なの？〉

「何で僕責められてるの⁉　そもそも人の生き死にをポップコーン食いながら笑って見てるリスナーがおかしいんだよッ‼」

〈そういう世の中なんやで〉

〈時代は変わる……〉

「嫌な時代になったなァ！」

こんな新時代は嫌だ。

ぶつくさ文句を言いながら洞窟内を歩く僕。

その薄暗さと妙な生暖かさは、僕がもし一人だったら恐怖に打ち震えているだろう。でも、リスナーと話しているお陰か、死への恐怖も何もかもが緩和されていく。

今この場に立ってピンチなのは僕でも、温かく……温かく……温《ぬる》く支えて……嘲笑《あざわら》うリスナーがいる。

やっぱりこのリスナー駄目だ。

そもそも人の生き死にに草を生やしてコメントする人たちが僕を応援するわけなかったよ。

「あー、生き返った」

〈その言葉が妙に重く聞こえるのはワイだけか〉

〈正しくは生き残った、なんだよなぁ……〉

〈妙な感慨が〉

〈我が子が成長したような〉

〈手助けも何もしてないのに勝手に成長感じてるの控えめに言って気持ち悪くて草〉

〈あらやだ辛辣〉

〈世迷《よまい》に対する通常の扱いなんだよなぁ〉

僕が水をグビグビ飲んでる間にそんなやり取りが交わされていた。僕もそれは気持ち悪いと思う。

自暴自棄になってないだけ僕はすごいと思うんだよ。

「ん？　なんか見えてきた」

その間にも歩みを進めていた僕は、前方に赤い光があるのを見つけた。

そして生暖かさは、ピリピリと地肌を焼くような強烈な熱さに切り替わっていく。

「あっつ！　真夏のコンクリート並みに熱い！」

耐えられない程でもない。

サウナで水ぶっかけてタオル振り回したくらいの温度。

〈例えが秀逸〉

〈自分の身も顧みずにわかりやすく情報を伝えるとは配信者の鑑《かがみ》〉

〈多分咄嗟《とっさ》に出ただけw〉

〈咄嗟にその言葉が出るあたり配信者の才能があるんよ〉

〈嫌なところで開花しちゃったね、その才能〉

「うるせぇ！　嫌味が酷《ひど》いよ！　とにかく！　何かありそうだからそのまま進んでみるね！　危険なようだったら直《す》ぐに脱出する！」

僕は無駄にテンション上げて先に進む。

熱い……熱いには熱いけど、一定温度からそれ以上熱くないようになっている。

明らかに限界設定温度だと言われている40℃は超しているように感じるけれど、前方に見える……マグマに近づいてこの程度で済んでいるのなら十分だ。

「熱いけど狼に焼かれた時よりマシ！」

〈これはブラックジョーク〉

〈でしょうねｗ〉

〈わざわざ自分で言うんかｗｗｗ〉

〈いや、草〉

言葉に出さなきゃやってられないこともあるでしょー！

僕の場合は、思考を勝手に垂れ流すだけでストレス発散に一役買ってるからね。安いもんよ。

「……お？　これはもしかしなくてもアレじゃない？」

曲がり角を曲がって見えたのは、行き止まりの壁と、マグマの池。

簡潔に説明すると、一際大きい円形の部屋にマグマの池があって、それより先には道などはない。

そして！

その前にどどーん！　と置いてある豪華な装飾がついた箱！

「これはこれは……っ!?　あるんじゃない！　希望ってやつが！」

〈おおおおぉぉ！〉

〈宝箱キタァァア！！！〉

〈持ってるやん！〉

〈希望がまだある！〉

《ARAGAMI》うーん……流石《さすが》に都合が良いのかな?〉

〈いける!!〉

〈開けろ開けろ!〉

〈開けろ!〉

〈AKERO!〉

〈その前に鑑定して罠《わな》か確認!〉

「鑑定は無生物には効かないんだよね。ボックス系統のモンスターは擬態で〈箱〉になってるせいか鑑定が効かない。罠感知か透視のスキル持ちじゃないと意味がない……っていう話を聞いた」

僕が新人講習を受ける前に先輩探索者から又聞きした話だ。とことん不遇だな、鑑定。と思いながら僕は枕を濡《ぬ》らしたよ。

〈じゃあ開けるしかないやん〉

〈いっけえええええ!!〉

〈やっちまええええ!!〉

アラガミさんの言う通り、確かに都合が良すぎるように思うこともある。ここに来てそんなことあるか? と。

それでも目の前にぶら下がった希望に僕は縋《すが》りたかった。

散々なダンジョン生活だけれど、きっと希望はあるのだと。

この宝箱はきっと、神様からのプレゼントに違いない! 不遇な僕に贈られた救済の宝箱!

「じゃあ、みんな！　開けるよ‼」

僕はデデドン‼　と置かれた宝箱に胸を膨らませて近づく。

見るからに高そうな装飾は、中にどんな貴重なものが入っているのかと期待させる演出だ。

〈おぉ！〉

〈きちゃ！〉

〈開けろォ！〉

僕はリスナーの声援（無音）に背中を押された。

そしていざ宝箱に手をかけた時――――

――――かけた右手がサックリ消滅していた。

「ぎえええええええ！！　いってえええええええええええええ！！！」

血がすぷらっしゅ。

〈虫のいい話はなかったか……〉

〈知　っ　て　た〉

〈もう慣れたよ、片腕無くなるの〉

〈早くポーション飲めば？〉

〈《ＡＲＡＧＡＭＩ》察し。ボックス系統のモンスターの動く法則が接触で良かった。でなければ

多分普通に死んでる。戻ってポーションを飲むことを強く勧めるよ（笑）〉

〈笑われてて草〉

〈世界二位を笑わせる実力――！〉

〈そんな実力欲しくねー〉

君たち、手のひら返しがすごくない？　と若干引きつつ、僕はその場から離れてピースしながら呟《つぶや》く。

「痛かったです。まる」

〈それで済ませるのか……〉

〈慣れ、って怖いな〉

〈仮にも手が吹っ飛んだ後の言葉とは思えねぇ〉

〈そんなことに慣れたくない…w〉

〈草〉

〈治療代《¥100,000》〉

サクッとポーションで回復すれば、あら不思議。ニョキニョキッと生えてくるじゃありませんか。右腕が。

単価十万で四肢欠損治せるって結構破格だよね。

それに何故《なぜ》か一緒に食い千切られたはずの服まで復元してるからね。摩訶不思議《まかふしぎ》だよ。

「あ、治療代ありがと～。ポーション代の足しにするね。今現在、一億近く持ってるんだけど、これがどれくらいポーション代に消えるのか楽しみ」

〈楽しみにするな〉

〈娯楽がないからって自虐に楽しみを見出《みいだ》すなｗ〉

〈1億って冷静に考えたらヤバいな〉

〈《ARAGAMI》ふむ、もう1億に届いたのか。ショップを覗《のぞ》いてみたらどうだ？　恐らく新たな商品が追加されているはずだ〉

「ショップを？」

アラガミさんから新情報がもたらされた。

ニュアンス的にスパチャ額が増えるとショップに商品が追加されるようだけど……。

僕はスマホでショップを開く。

すると、確かに新しい商品が三つほど追加されていた。

「あ、本当だ。ポーションと食糧一日分と水。それと、新たに〈大鍋〉〈調味料〉〈着替え一式〉

……って、こんな危険極まりない地帯で料理させようとしてない？」

〈これで衣食住が揃《そろ》ったな！〉

〈やけに食を充実させようとしてくるなｗ〉

〈《ARAGAMI》ショップの商品はどういうわけか人によって違うんだ。一説によればその人が望む物を提供しているらしいが……〉

少なくとも僕は料理しようなんて微塵《みじん》も思ってないけど。危機的状況でクッキングなんてバカみたいじゃん。

でも、あの狼を倒すまではここを拠点にするわけだし、生活のクオリティの向上を図るのは悪いことじゃない。

今の僕のクオリティオブなんちゃらはゴミだけどね。控えめに言わずとも。

「……うーん、でも火がなぁ……」

〈マグマがあるじゃん〉

〈ばっか、溶けるわｗ〉

「……確かに。マグマならいけるんじゃない？　わざわざ大鍋を用意してきた、ってことはマグマ耐性くらいあるでしょ」

アラガミさんの説通りだとすれば、マグマで溶けるようなボロ鍋……いや、普通の鍋は溶けるけども。まあ、用意しないと思う。

スパチャで幾らでも買えるんだし試す価値はある。

そうと決まればやることは簡単だ。

「――ドキドキっ！　世迷言葉《ことは》のマグマクッキング！」

〈⁉⁉〉

〈⁉⁉〉

〈急にどうしたｗｗｗ〉

〈突発的に企画を始めたｗ〉

〈いや、草〉
〈情緒が謎すぎて草〉
《ＡＲＡＧＡＭＩ》よし、やれ〉
〈世界二位もゴーサイン出してるし良いか……〉
〈世界二位の信頼がすごい〉
〈だって、二位だぞ、二位〉
〈二位を全面に押し出したら途端に信頼失ったわ〉
〈草〉

アラガミさんもオッケーって言ってるしやるか。

いや、別に急におかしくなったとか熱気で頭をやられた、とかそういうわけじゃないんだけど、現に僕の探索活動はスパチャに支えられてるわけだし、少しくらい還元しようという心持ちがある。

それを言葉に出すのは癪《しゃく》だから言わない。

リスナーもずっと同じ光景見せられるのも飽きるでしょ。変に〈嫌だ嫌だ怖い怖い〉言ってる映像よりもバラエティーに富んでる方を見たがるよね。

何でピンチの僕がそんな配慮してるか分からないけど！

自業自得だからそうも言ってられないやい！

「とにかく、外に出るのは危険だから、ボックスくんの隣でクッキングしていこうと思います。接触で攻撃してくるタイプらしいし」

僕の右腕返せよ、と思わないでもないけど。

〈度胸がおかしいてｗｗｗ〉

〈右腕食った犯人の隣でクッキング〉

〈何言ってんのか分かんねぇや〉

〈これにはボックスくんもビックリ〉

「いや、ね？　アクティブに動く狼くんと、触らない限り何もしないボックスくんとどっちが安全か、って話なんだよ」

ボックスくんの方が安全だろォ⁉

距離取ればぶつかることもないからね。実質的に無害。

〈それは、まあそう〉

〈触ったのも食われたのもお前が原因やからな〉

〈自分の無知でどんどん人が苦しんでる姿見るの楽しい〉

〈ガチガチに性癖歪《ゆが》んでて草〉

「うわ、こっわ。人が苦しんでる姿見て楽しむとかないわー」

まったく。たとえ人でもモンスターでも苦しんでる姿を笑ったりするのは良くないよ。

全ての命は尊く扱うべし。

「さて、と。とりあえず食料一日分と水、大鍋と調味料を買うね」

お値段は大鍋が二十一万円……ってポーションより高いし。

食料一日分は五千円。水は五百mlのペットボトルが出てくるんだけど、それで四百円。遊園地価格かな？

調味料が一万円。

「結構高いなぁ……」

〈食料と水を買えるのはでかい〉

〈一億以上あるのにケチくさいな〉

〈その程度で済んだんやから〉

〈文句を言うでない〉

「あ、はい、ごめんなさい」

何だろう。ムカつくな。

家でぬくぬくしてるおめーらに言われたかねーわ、的な。そういうことを考える度に、結局こうなったのおめーのせいじゃねぇか、と自虐することになるんだ……。

サクッと購入すると、例のごとく上から色々と降ってくる。

食料は豚肉百五十g、人参《にんじん》一本、ピーマン一個、ナス一本、玉ねぎ一個、カレー粉が少々。そして炊かれているご飯。

うん……うん、うん。

僕はダンッ！　と床を叩《たた》いて叫んだ。

「料理する前提……ッッ‼　火と調理器具なきゃ詰んでるんじゃねーかよ‼　ホワイ⁉　この仕様腐ってるでしょ！　てか、カレー作れ、って丸わかりなんだよこんちくしょう‼」

衛生面も踏まえると、ご飯以外そのまま食べられないよね⁉

〈荒ぶってらっしゃるw〉

〈そら怒るわw〉

〈ショップくんはどうしても料理させたいらしい〉

〈草〉

〈草しか生えん〉

〈カレーはカレーでも夏野菜カレーですねぇ〉

「夏野菜カレーでも食べて少しは涼しくなりなさい、って？　やかましいわ。マグマでも食ってろ」

……ふぅ、落ち着いた。

口調が少々雑だったのは許して欲しい。さすがにアレには怒りが堪えきれなかったんだ……。

「まあ、最初から作るものが決まってる辺り良心的なのかも？　意図通りになるのは癪だけど、ここは大人しく夏野菜カレーを作るね」

〈れっつ！下層で夏野菜カレー～〉

〈美味《おい》しくなさそう〉

〈こら〉

〈このクッキングがまた切り抜きに上がるんだろうな〉

〈どんどん有名になっていきますねぇ！〉

〈だって頭おかしいんだもん〉

〈珍しいものに人は集まるよな。バカだから〉

〈客寄せパンダ状態で草〉

なんかボロクソ言われてるけど。

確かに絶望に彩られている中でクッキングする辺り、まともな思考回路をしていないことは我が事ながら分かる。

それでも……かれーたべたい。

色々吹っ切れてお腹空いてきた。

「それじゃあ、大鍋を買って……と、うわっ」

大鍋を買うと、空中から金属製の鍋が降ってきて、カランカランと大きな音を立てた。

「大鍋っていうか中華鍋じゃない？　これ。ご丁寧に持ち手はあるみたいだけど」

よく料理系配信者が炒飯《チャーハン》作る時に使うやつ。それに柄がついている。

火傷《やけど》しないような配慮がなされてる理由は……マグマクッキングだから？　意図的な何かを感じるなぁ。

〈ほんまや〉

〈中華鍋で草〉

〈まあ、万能だからな〉

〈普通にカレーも作れるから問題はない〉

便利だ、ワーイと喜ぶべきなのか。

微妙に肩透かしな気分を味わいつつ、更に僕は調味料を購入する。

上から降ってきたのは、料理のさしすせそや、辣油《ラーユ》とか……様々なもの。これが一万円なのは安いかも。

どれも小瓶サイズだけど節約すれば充分に使える。

「よし、大鍋をもう一つ買って、と。これをまな板代わりにしよう。準備の前に耐久性をチェックしておこう」

僕は恐る恐るボックスくんのいた場所へと戻る。

変わらずそこに佇《たたず》むボックスくんを注意して避けて、マグマの前までやってきた。

熱気で汗が垂れる。マグマに少量でも液体を垂らすのは危険なので、服の袖で拭きながら……いざ、大鍋を、

「インッッ！」

〈どうだ……？〉

〈果たして！〉

〈溶けろ！〉

「——耐久性クリア！」

僕の杞憂《きゆう》はぷかぷかと浮く鍋によって晴らされた。

散々なダンジョン生活で初めての成功体験かもしれない。

〈おぉぉ！！！〉

〈やるやん!!〉

〈物理法則無視してるね！〉

〈どんな性能してんの、この鍋w〉

「それじゃあ始めていくよ――クッキングを!!」

この後めちゃめちゃ食べた。

悔しいことに、僕の作った夏野菜カレーは美味しかった。解《げ》せない。

「はぁ……あ」

しばらくして気がついたけど、最近ユキカゼさん見ないな。

「大丈夫かな？」

4．ユキカゼの贖罪譚《しょくざいたん》

Side　風間雪音《かざまゆきね》

「シャアァァァァッ‼」

「邪魔……。《鎌鼬《かまいたち》》」

唸《うな》りを上げて襲いかかってきた二足歩行の巨大な虎の喉笛を、二振りの短刀で切り裂く。

同時に、鎌鼬に襲われたかのように全身がズタズタに切り裂かれた虎は、呆気《あっけ》なくその命を散らして魔石と化した。

「まだ六十階層。遠い」

虎のいた場所に落ちている魔石とアイテムをチラリと一瞥《いちべつ》して、私はその場に腰を下ろす。

一時も休むことなくモンスターを狩り続けた。疲労が微《かす》かに感じられるようになった今、無理して救助することはできない。

「世迷《よまい》、言葉《ことは》くん……今、助けに行くから」

世迷言葉。

私のせいで前人未到の五百階層に単騎で飛ばされてしまった、若い有望な配信者。

「……どうして」

普段だったらあんな冗談は吐かなかった。……いや、これも言い訳。やってしまったことを後から後悔することはただの言い訳だ。

私が犯した罪は消えない。

転移魔法陣に入ってみろ、なんて冗談を吐いた罪は重い。


――Ｓランク探索者が吐いていい冗談ではない。


――私の名前は風間雪音。

仮の名をユキカゼ。

日本で唯一人の最上級階位、Ｓランクに登り詰めた探索者だ。

私は普段はＳランクであることを隠し、Ｂランク探索者のユキカゼとして過ごしている。

どうして正体を隠すのか。隠すことが許されているのか。

……本来、配信には安全対策に付随して身元確認の意味も含まれている。

ハンドルネームはあれど、ランクなど一切の正体を隠すことは国によって禁止されている。私がしていることは明らかな違反行為だ。

だが――Ｓランクは許される。

一国級の戦力とまで称されるＳランクは、ある種特権的階級であり、国に打診……という名のお願いをすることで大抵の望みは叶《かな》う。

餌を与えて自国に縛り付ける。それが国の望みであるからだ。

だから私は有名になる前に最短ルートでSランクへと成り上がり、正体の偽装を国に打診して認められ今に至る。

どうしてそこまで正体を隠したいのか。

……私は強さをひけらかすことが好きではない。自分の行動を他人に左右されたくない。数字で人を見たくない。

理由は複数あれど、配信が煩わしかったのは事実だった。

――ユキカゼとして配信するまでは。

配信に対する価値観が変わったのは丁度二年程前の話。

＊＊＊

「なぜ……？　聞いていた話と違う」

「申し訳ありませんが、これも規則ですので」

「そう……」

目の前で頭を下げる男に、私はため息を吐いて答える。

配信義務を停止させる。

私が打診した願いは形を変えて許諾された。

「偽装までは許可を出せますが、配信停止となれば国の一存では不可能です」

「……分かった。それで良《い》い」

ダンジョンに潜ることは好きだ。

自分が強くなっていくことを実感していく過程。モンスターを次々と倒していく爽快感。

多種多様なギミックに対する期待と興味。

でもそれは一人で享受したいものであって、共有したいとは思わない。それこそ配信そのものが無粋だと思っている。

「……可能な限り注目度を下げて、アカウントを見つけられないようにしますが……ご期待に添えるかどうかは」

「ん」

私はもう面倒になって適当に頷《うなず》いた。

男の眼《め》には、Sランクに取り入ってやろうというギラギラした野心と、化け物を見るかのように恐れを含んだ感情が浮かんでいた。そして仄《ほの》かに分かる情欲に満ちた視線。

もうこれ以上話すのも煩わしくて席を立つ。

「風間さん、もし良ければこの後――」

「邪魔」

立ち塞がる男を避けて外に出た私は、後ろで何かを叫ぶ男を無視して人混みに紛れた。

向かう先はダンジョン。

「偽装……名前……。風に雪。適当にユキカゼで」

我ながら安直だとは思うけど、わざわざ時間をかけて名前を考えることは嫌だと思った。

偽装用に開設したアカウントの初期設定を終わらせ、私は雑踏の中を歩く。

「……うるさい」

いつにも増してうるさいと思っていたら、どうやら近くで祭りをしているらしかった。少し先の路肩では、屋台も散見される。

私は気にすることなく人で溢《あふ》れた道を通ると、とある屋台が視界に入った。よくあるお面の屋台だ。

有名なヒーローのお面や、海外のSランク探索者の顔をデフォルメしたものまで売っている。

当然正体を隠している私のお面はない。

「正体を、隠す……」

これから名前を変えて別の探索者として過ごすのならば、身バレには人一倍気を遣わなければならない。

ジッと屋台のお面を見つめていると、店主が大きな声で話しかけてきた。

「なんだ嬢ちゃん。どれが欲しいんだ？」

「いらな……」

いらない、と答えようとして、ふと狐《きつね》のお面が視界に入った。鼻から上部を覆うような形のお面だ。

ダンジョンのアイテムでもない特殊能力もないただのお面。なのに妙に目が離せなかった。

「どうした？」

店主が怪訝《けげん》な目で私を見る。

少し悩んで私は、狐のお面を指差し言った。

「──これが欲しい」

「そ、そうか。六百円だ」

私はちょっきり六百円を払ってその場を後にする。

「……随分と眼光鋭い嬢ちゃんだな」

そんな言葉が後ろで聞こえたような気がするけどきっと気のせい。女の子に眼光鋭いなんて失礼な言葉を使うわけがない。……多分。

＊＊＊

アカウントの注目度を下げる。

その約束はしっかり有言実行されたようで、ダンジョンに潜ってから二時間。

未《いま》だに同時接続はゼロだった。

ありがたい。何も気にすることなく狩りに集中することができる。自分の腕を磨くことができ

る。

「《風化》」

私のスキル《風》。それに付随する移動速度を上げる技を使用し、低階層を高速で駆け抜けていく。

すでに倒したボス階層についてはスキップすることができる。そのため、然程《さほど》時間を掛けずに四十階層まで辿《たど》り着《つ》くことができた。

この階層は、ゴーレム系統という兎《と》に角《かく》防御の硬いモンスターが出現する。

技術を上げるためにはもってこいのモンスターだ。

「ん……？」

ふとスマホを見ると、同時接続が〈1／1〉と表示されていて、私は眉をひそめた。

……いや、二時間経《た》って一人なら約束は守られている内に入る。そう判断して目を離そうとした時、丁度コメントが送られてきた。

〈すごいですね！〉

〈生憎《あいにく》とこの凄《すご》さを言葉で表現できる程の語彙力を持ち合わせていないですけど、とにかくすごいです！〉

「そう……」

褒められるためにダンジョンに潜っているわけではない。

けれど純粋な混じり気のない称賛であることは、コメントの節々から伝わってきた。

悪い気はしない。だけど、それに左右されて良いところを見せよう――なんてことは私の主義に反する。

誰が見ていようが見ていまいが私は私の探索に専念する。そのために名前を変えたのだから。

「ふぅ」

スマホから目を離して、私は近くの敵――鈍色《にびいろ》に光るゴーレムへと駆け出す。

自動で発動するスキル以外は使わず、単純な力と技術でゴーレムの防御の隙間を狙う。

「――ハッ！」

――ガキン！

金属同士がぶつかり合う音が響き、私の短刀が跳ね返される。

ゴーレムの体表には僅かな傷ができ、私の持つ短刀には傷一つない……けどこれは失敗。

「関節部の破壊は失敗……。スキルと武器の性能に頼りすぎ」

スキルに頼ってSランクまで駆け上がったツケが回っている。技術は後追いで良いと思っていたが、そうも言っていられない。

人の目が少ない今、徹底的に鍛えよう。

そう思ってまた攻撃を仕掛けた私は、先程のコメントの事などすっかり忘れていて。

――八時間後。

今日はここまでにしようとスマホを取り出す。

「あ」

そこで一人のリスナーの存在を思い出す。

「(さすがにもういないはず)」

これだけ長時間見続けられる人は少ない。

私のように一切喋《しゃべ》らない探索者が黙々とゴーレムに挑むシーンなど、尚更《なおさら》見続ける意義がない。

——と思っていたが、

〈あー！　惜しい！〉

〈すごい！　一撃！〉

〈ヒュー！　やるぅ！〉

〈なるほど。さっぱり分からない〉

〈やっぱり二刀流って……良いよね。浪漫《ろまん》的なアレが。知らんけど〉

〈徐々に一撃で倒せるようになってる！　成長って偉大〉

〈あら、やだ格好いい〉

〈すごい〉

〈すぎょい〉

〈ほへー、そうなんか〉

「(ずっと見てた……？　八時間も……？)」

よくも飽きずに見続けられたものだ。

それにコメントも等間隔でずっと送り続けている。

……というより、私が見ないことを前提にして自分の心の声をそのまま送っているような気がする。

「なんで」

コメントを遡っていると、どれもが純粋な称賛で、私に何かを求めることも意見を送ることもなかった。

ありのままで楽しんでいる。私の戦いを。技術を。まるで自分のことのように喜んでいる。

不思議でしかなかった。

どうしてそこまで他人に寄り添えるのか。……いや、彼（もしくは彼女）にとっては、ただ自分の好きなモノを見て感想を送っているだけなのかもしれない。

無いとは思うが、何も考えずに送っているだけかもしれない。

けれど、

「私は……。いや……見ていて楽しい？」

その先の言葉をぐっと飲み込んで、未《ま》だ見ているリスナーに、そんな言葉を語りかける。

〈とっても楽しいです！〉

「……ふふ」

秒速で送られたコメントに少し口元が緩む。

なぜかは分からない。

なぜかは分からないけど……同時接続がゼロだった時よりも頑張れるような気がした。

「迷、か」

称賛をくれたリスナーの名前を、私はしっかりと記憶した。

＊＊＊

それから一ヵ月、半年と過ぎて、たまに訪れる新規のリスナーを除けば『迷』だけが毎度の配信に来てくれた。

「（迷がいる時の方が上手《うま》くいくのはなぜ……？）」

時々ふと思うが、迷が来ない時はほとんどないし、たまたま居ない時に不調が重なっただけだろう、と納得するしかなかった。そんな感情を私は知らないから。

「……ん」

この半年間は様々なことがあった。

例えば、

「武器に頼っていると技術が追いつかない……かもしれない」

〈素手でぶん殴るのはどうでしょう！〉

「……なるほど」

そのアドバイスに従って破壊神になりかけたり。ちなみにしっかり骨折した。

またある時は四十二階層の虫系統モンスターが出現する階層で、

「ここは虫が酷《ひど》い」

〈虫だって生き物ですから、大切にしましょう〉

「キシャァアッ！」

全長四メートル程の巨大な蟻《あり》が、叫びとともに襲いかかってきたけど、私は彼のコメントを思い出して避けるに留《とど》める。

「どうしよう」

チラリとコメントを見る。

〈何やってるんですか！　こんなキモいの倒しましょ！　モンスターに慈悲なしですよ！〉

「え」

――などなど、思えば思うほど彼に振り回される日々だった気がする。

あ、れ……他人に左右されてる……？

……どうやら彼の底抜けなポジティブさに、いつの間にか影響されていたらしい。

昔の私なら鼻で笑って唾棄するような変化だ。他人に左右されて……悪く言えば操り人形のように行動することは絶対にしなかったはず。

――でも。

「（この変化が悪いこととは思えない）」

あれほど憂鬱だった配信が、いつの間にか楽しみになっている自分がいた。

配信が楽しみになっていても、未だに力を誇示することはしたくない。配信が楽しい……いや、よく考えれば、彼のコメントを見ることが楽しみになっていたのかもしれない。

私と彼。一人の配信者と一人のリスナーの日々。

憂鬱な日々に光を差してくれた彼には感謝している。

口下手でさえなければ直接伝えたかった。

でも、いつも振り回してくる彼に感謝を伝えるのもそれはそれで癪《しゃく》な話で。


――だからこそ、彼が配信を始めた時、その意趣返しをしようと思った。


名前は変わっていてもＩＤはそのまま。

だから、配信をしてる新人の世迷言葉くんが、件《くだん》の彼であることは当然分かった。

「ふふ」

緊張してる彼がおかしくって、私は思わず口元を緩ませた。

コメントでしか知り得なかった彼が、実像となって目の前の画面にいる。

それが少し嬉《うれ》しくて、恥ずかしくて、彼をさも知らないかのようにコメントを打った。

〈階層スキップあるよ〉

口下手とは思われたくなくて、せめてコメントではフランクに振る舞おうとした故に出てきた言葉遣いだった。

……今思えば、それがすべての始まりだったのかもしれないけど。

『ほぁっ⁉　ユキカゼさん⁉　僕、ファンなんですよ！　いつも配信見てます！』

ドキドキしながら打ったコメントにそう反応してくれた彼。私は思わず嬉しくなりながら「知ってる」と呟《つぶや》いた。

〈まじか。嬉しいぜ〉

知らないフリを継続しながら照れ隠しにそんなコメントを打つ。

『ユキカゼさんは僕が唯一見てるダンチューバーだよ。めっちゃすごいから見て！』

「唯一……」

どうにもダンジョンに関する知識が浅いから、薄々察していたが、私以外の配信は見ていないらしい。

唯一。特別。言われ慣れて信憑性《しんぴょうせい》などとうに失っている言葉なはずなのに、彼に言われると嬉しくなっている私がいる。

〈自分のチャンネルで人のこと紹介するの草〉

「言えない」

ここで今更全てを明かしても意味がない。私のことを彼がどれだけ応援してくれたか。

とりあえず私は茶番を続けることにした。

『あ、そういえばさっき言ってた階層スキップってどういうことですか？』

「適当言っただけ……あ」

階層スキップなんて便利なものはダンジョンにない。けれど、スキップと言えばスキップな手法が一つだけ存在していた。

〈もうちょっと行ったら白く輝く魔法陣みたいなのあるから入ってみｗｗｗ〉

「大丈夫……だよね」

確実に講習で習う代表的罠《わな》の一つ。

それこそが転移魔法陣。私のコメントの通り、白く輝く魔法陣、という見ただけですぐ分かるようになっている。

入った先がどこに繋《つな》がっているかは定かでない。危険過ぎるとして、必ず講習で口を酸っぱくして言われる。

彼も講習は受けたと言っていたし「またまた～、ユキカゼさんも意外とお茶目なんですね」的な感じで流されるだろうと。

――そう思っていた。

『ユキカゼさんが入ってみ、って言ったしちょっとだけ入ってみるね！』

「え、ちょ、待って」

嘘でしょ……？　嘘だと言ってよ。

急いでコメントを打つが遅かった。

もう彼は魔法陣に足を踏み入れた後だった。

画面が光り輝いて、転移したことを表す。

「私のせい……」


――――彼を助ける。


「《旋風》」

駆ける。駆ける。駆ける。

すれ違いざまにモンスターの急所を正確に切り裂き、ドロップアイテムなど拾うはずもなく縦横無尽にダンジョン内を駆けていく。

「絶対に助けるから」


――――その決意の二十秒後。

彼は楽しくクッキングをしていた…………。

5．やったね！　笑顔が大切だよ！

「ちょっと体に力が漲《みなぎ》ったの釈然としない」

夏野菜カレーを完食した僕は微妙な表情で呟《つぶや》く。

指示待ち人間にはなりたくない一心で育ってきたもんで、自分の力で思考して行動したいという思いがある。

勿論《もちろん》、それだけじゃ今みたいな現状に陥ってしまうから、アドバイスを傾聴することも忘れない。

兎《と》にも角《かく》にも、最終的に判断して決定するのは僕自身でありたい。そしてその決定を誰のせいにもしたくない。

行動の結果起きたことは僕の責任だ。それを違《たが》えることを僕は許さない。

「それにしても初めて活用したショートソードが包丁代わりになるとはね……」

先程のクッキングを思い出して苦笑する僕。

何せ刃物がなかった。これじゃあ野菜を切ることもできないし、色々と不便だった。

手持ちを確認して腰に目が移ると、そこには『使ってよぉ』と言わんばかりのショートソード。

「ごめんね、包丁。君はすごいよ」

〈サラッと包丁呼びしてて草〉

〈役目が消えた……ｗ〉

〈まあ、この階層のモンスターに通じないし……〉

〈剣が包丁になった瞬間であった〉

〈俺たちは今感動シーンを見てるのでは？〉

〈正気に戻れ〉

まあ、そんな冗談はさておき。

腹ごしらえもした。現状の確認も済んだ。

汗塗《あせまみ》れになったので着替えもした。

……ちなみに着替えシーンは誰の目にも見えなくなるらしい。野郎の裸を見たところで……、と思ったけど、昨今の様々な状況を鑑みてのことなんだろうね。知らんけど。

「では、早速会議を始めようか。議題は僕の強化方法についてだ」

〈倒せるモンスターいないんだから無理でしょ〉

〈レベルアップできないもんな〉

〈詰んでんのよ〉

〈モンスターを倒す以外のレベルアップ方法は？〉

〈無いですｗｗｗ〉

〈スキルや！スキルを覚えるんや！〉

《ＡＲＡＧＡＭＩ》現状の手立てとしては、スキルを覚える方がまだ現実的かもしれない。スキルは特定の動作をすることで手に入る、と言われているが……その特定の動作は明らかになっていないし、確率とも言われている。つまり、当てずっぽうで何らかの動きをする必要がある〉

「それ、無理では？」

最後が雑だよアラガミさん！

結論としては何もわからない、ということですね、はい。ダメじゃん。

やっぱり詰んで――。

《《ユキカゼ》戻った。経験則に基づいて、耐性系のスキルは比較的簡単に入手できる。例えば熱耐性であれば今すぐマグマに手とか突っ込んでポーション飲めば付く。多分〉

「ユキカゼさん！　ユキカゼさんじゃないか！　本当ですか！　ちょっと試してみます！　あっちぃぃ!!」

〈バカなの？〉

〈アホなの？〉

〈熱すぎて熱く感じねぇだろw〉

〈即刻手を入れたのは引いた〉

〈行動力の化け物かな？〉

急いで左手を使ってポーションを飲む。

マグマに溶けた右手よ。サラバダー。

「うん、確かに熱すぎて一瞬で炭化したし」

切り飛ばされるよりまだマシかなぁ？

でも、この程度で耐性付くならヌルゲーだと思うよ。

というか、最初の時と比べて痛みに慣れてきてるから、そこまで苦痛に……感じるけど平気かも。この思考はヤバい……？　まあいいや。

「耐性付いたかなー」

そんなわけで、スマホのステータス画面をタップする。

＊＊＊
スキル
《鑑定》《アイテムボックス》《苦痛耐性》
＊＊＊

「なんか苦痛耐性？みたいの付いてた」

〈このでしょうね感〉

〈納得のスキル〉

〈慣れたら耐性付くのか……ダメじゃんｗ〉

〈ますますゾンビっぽくなってきたな！〉

〈熱耐性付くまで頑張れよ！〉

〈《ユキカゼ》耐性付くのに時間かかるはずなのに〉

なるほど。途中から痛いけど我慢できたのはこのスキルのお陰なんだね。

人間として大切な何かを着々と失いつつあるけど、まあ怪我《けが》の功名ってことで有り難く活用しようかな。

「熱耐性ブートキャンプを始めます。画面の前の皆さんも是非お近くの火気で自分の腕を燃やしてみてください。僕の苦痛がわかります」

〈草〉

〈巻き込むなw〉

〈熱耐性ブートキャンプは草〉

〈お前以外真似《まね》できないのよ〉

〈名字らしく世迷い言《よまいごと》言わないでもらっていいですか?〉

折角リスナーの皆にもこの臨場感を味わってもらおうと思ったのになー（棒）。

まあ、いいや。炎上するのは僕の腕くらいでいい。

「じゃあ、これからショッキングな映像が流れると思うから、ご飯時の人とか心臓が弱い人はチャンネル変えてね。……はい、いっきまーす!!　あっちぃ!!」

〈元気良くて草〉

〈やってること地獄以外の何物でもないというのにｗ〉

〈バカがいるｗ〉

〈現在地が地獄の時点でお察しって感じ〉

〈《ユキカゼ》あわあわ……〉

〈《ＡＲＡＧＡＭＩ》これだけ修羅場をくぐって正気を保っていられるのすごいね。生き残ったら私のギルドに入ってほしいものだ〉

〈引き抜き来とるｗｗｗ〉

〈生き残ったら↑ここ重要〉

当然マグマチャレンジの真っ最中の僕はそんなコメントを拾えるはずもなく、ひたすらマグマに手を浸し、スマホで耐性が付いているか確認する作業に没頭していた。

苦痛耐性が付いていようと痛いことには変わりない。

この手を溶かされる感覚が妙に気持ち悪いけど、少しでも生存確率を上げるためだ。仕方ない。

そして一時間後。

僕はスマホを確認して喜びの声を上げた。

「やったぁー！　熱耐性付いたぞー!!」

〈おぉ、おめ！〉

〈頭バグったようにマグマに浸してたもんな〉

〈スキル取得早い、って思ったけどあれだけやればそら付くわな〉

〈草〉

〈おめ《¥12,500》〉

〈やるやん《¥5,000》〉

〈ようやく腕ポチャ（溶解）の時間が終わったか……〉

リスナーの賞賛にニコニコしながら、僕はもう一度マグマの中に手を突っ込んでみた。

「……やっぱり熱い!!　でも、溶けるまで少し時間がかかるね！　耐性スキルすごい！」

〈笑顔で試しやがったよ〉

〈自ら苦境に飛びこんでいくスタイル〉

〈痛いはずなのに笑顔で怖い〉

〈エグいドＭプレイかな？ｗ〉

〈熱湯ダイブがチープに見えてきたわ〉

〈すごい、じゃねぇのよｗ〉

〈なお、防御（紙）を身に着けただけで攻撃はできない模様〉

〈やめろ水を差すなｗ〉

リスナーのコメントに僕はニヤリと笑った。

そして、ふんぞり返りながら言う。

「レベルアップ方法、分かっちゃった」

〈フラグか？〉

〈フラグかな？〉

〈終わったな〉

〈さよなら〉

〈あーあ〉

「え、流石《さすが》に失礼すぎない？　信用ゼロかよ、僕」

余りに信用が無くて泣きそう。

いや、違う。今更か。

「まあまあ、落ち着いてよ。僕がそんな戯言《たわごと》を口にするとでも？」

〈うん〉

〈うん〉

〈うん〉

〈うん〉

「おい」

……う――――ん、これまで僕がやらかしてきたことを踏まえると……微妙に否定できないなぁ。

行動に対する信用だけはゼロから動かない……。

ゼロに何をかけてもゼロということか。

でも！！！　だとしても!!

失った信用は取り戻せる!!

行動の結果失った信用は！

行動で取り戻してみせよう!!

「見ててよね！」

僕はおもむろに、中華鍋でマグマをすくう。

ドロドロとした赤い物体から迸《ほとばし》る熱気は、僕が熱耐性を獲得していなければ手を離してしまう程だった。

けれど僕は必死に我慢をして、中華鍋に入ったマグマを――――

「――ボックスくんにインッッ!!」

これぞ僕の考えた必殺技!!

マグマで燃焼アタックだ！

バシャリ、というよりドロリと付着していくマグマ。

時が経《た》つこと数十秒。

…………………何も反応しない。

「あ、あれ？」

おかしいな、計画と違う。

〈マグマ地帯にいるモンスターが熱無効を持ってないわけがないんだよなぁ……〉

〈バカなの？〉

〈これだからアホは……〉

〈普通に考えれば分かる〉

〈ボロクソ言われてて草〉

「あぁ……確かに」

そこまで言わなくても良いとは思うけど、よく考えたらその通りだよね。そこまで言わなくても良いけど!!

また信用値がゼロになった。この際もう諦める。

上手《うま》くいくかなー、と若干の希望的観測はあったものの、そう現実は甘くないらしい。元から甘くないけどさ。

やれやれ、と頭を振って中華鍋でこの野郎、とボックスくんをツンツンする。

……ん?

ツンツンする?

ツンツンできてしまう??

僕はふわふわ浮き立った思考のまま、中華鍋を両手に装備。

ありったけの力でボックスくんを中華鍋で押し始めた。

「ふんぐおおおおおっ!!!」

ズズズと動き始めるボックスくん。意外にもそこまで重量はなかったみたいだ。貧弱ステータスの僕が押せているくらいだからね。

「きえええええええ!!!」

そしてそのまま――――マグマにドボン。

瞬間、何をしても微動だにしなかったボックスくんがジタバタと暴れ始めた。

「フシュルカンイナロココノトヒニエマオッッ！！！！！！」

藻掻《もが》く。とにかく藻掻く。

宝箱の隙間から黒い何かが漏れ出るくらいに、藻掻いて藻掻いて暴れるボックスくん。ピンチに悶《もだ》えているのか、その行動に何か意図的なものがあるのか。

僕には彼の行動の真意を知ることはできない。

ほくそ笑みながら見ることしかできない。

なおも暴れ続けたボックスくんだが、徐々に徐々にマグマに沈み始めて――。

「アッ」

断末魔とも言えない何かを発して完全に呑《の》み込まれた。

窒息ッッ!!　お疲れ様でしたッッ！

「ボックスくん、君のことは忘れないよ」

〈満面の笑みで草〉

〈沈めたのお前やろｗ〉

〈苦しんでる姿見て笑うな、って言ってなかった？〉

〈手法がえげつねぇｗｗｗ〉

〈窒息……ッ〉

〈ボックスくん、呼吸必要だったのか……〉

〈アッ、は草〉

〈無生物に反応しないとかガバガバかよボックスくんw〉

〈ふぁーwww〉

〈エグいてw〉

〈《ARAGAMI》ダメだ。笑いすぎてお腹《なか》が痛い〉

〈《ユキカゼ》色んな意味で強い……〉

ぶひゃひゃひゃ!!　右腕食ったお返しだ!

と人でもモンスターでも苦しんでる姿を笑ったりするのは良くない、という言葉を前言撤回して楽しんでおります、僕です。

やってやったぜ、という感覚。

呆気《あっけ》ないな、と拍子抜けした感覚。

どちらにせよ、体に漲る力が結果だ。

僕はスマホで自分のレベルを見る。

＊＊
レベル50
＊＊

「あれ⁉　全然上がってないんだけど⁉⁉　レベル50⁉」

〈上がってるには上がってるんだけどなw〉

〈この階層のモンスターにしては、って感じか？〉

〈【速報】ボックスくん、虚弱経験値〉

〈中下層攻略の推奨レベルやな〉

〈《ARAGAMI》草〉

「……よし、落ち着いた」

流石に甘い夢を見すぎた。そんなに現実は甘くない、って再三実感しているじゃないか。

だから落ち着け僕。落ち着け。

「このクソボックスぅ！！！」

〈全然落ち着いてなくて草〉

〈本音が出てるしw〉

〈哀れボックスくん……〉

〈《ユキカゼ》足元に何か落ちてる？〉

ふぅ、ふぅ、と息を切らしながら慟哭《どうこく》する僕。

僕の養分となった……あれ、誰だっけ？　うん、今更文句を言ったって時間の無駄だ。

それよりもユキカゼさんの言っていた足元を見てみる。

「なにこれ？」

足元には棒付きキャンディが落ちていた。

色々なしがらみを気にしてなのか、包装紙には何も書かれていない。

こちら五百階層産です！　とか書けば良いのに。

「どこからどう見ても棒付きキャンディだね。ここにある物としてはそぐわないけども」

〈ご褒美じゃない？〉

〈ボックスくん倒した報酬？〉

〈疲れただろうし甘いものでも食べな〉

〈食え食え〉

「確かにそうだね！」

僕はパッと包装紙を取ってキャンディを舐《な》める。

「ん、美味《おい》しい。イチゴの味がする」

〈本当に食いやがった……w〉

〈お前、少しは立ち止まって考えろよｗｗｗ〉

〈得体の知れないものを……〉

〈《Ｓｉｅｎｎａ》あら、スキル玉じゃない。珍しい〉

〈《ＡＲＡＧＡＭＩ》君がコメントするとは珍しいな〉

〈世界探索者ランキング６位のシエンナ・カトラル……〉

〈人の配信見ない、って言ってたのに〉

飴《あめ》をペロペロしていると、いつの間にかコメント欄がざわついていた。

何やらまた有名な人がやってきたらしいけど、例に漏れず僕は知らなかった。

「シエンナさん？　スキル玉ってなんです？」

〈さてはこいつまた知らなかったな〉

〈嘘《うそ》だろ、姫だぞ、姫。詳細不明を除いて唯一の女性Sランク探索者〉

〈斧《おの》を振り回して首を狩る姿から名付けられたその名は首姫〉

「厨《ちゅう》二《に》臭いなぁ……。解説ご苦労ね」

強い、ってことだけは分かった。あと、首を執拗《しつよう》に狙って戦うことも。怖い。

《《Ｓｉｅｎｎａ》スキル玉はね、稀《まれ》にモンスターが落とすドロップアイテムのことよ。食べたらあら不思議。スキルが貰《もら》えちゃうわ。まあ、大抵ハズレスキルだけれどねｗｗｗ〉

〈爆笑してらっしゃる……〉

〈やっぱり人の不幸は万国共通で面白いんやな、って〉

〈草ァ〉

「うわァァァァァァ！！！！」

僕は急いでスキル玉なるものをマグマにぶん投げた。

これ、ペッペしないとダメな感じ？　これ以上デバフ抱えて生きたくないんですけど！！！

《《Ｓｉｅｎｎａ》無駄よ。一舐めでもしたら取得しちゃうもの〉

〈《ユキカゼ》強く生きて……〉

〈絶望を突き付けていくスタイル〉

〈まだ諦めるのは早いぞ！〉

〈大抵、ということは稀に当たりもある！〉

「ハッ、確かに！　当たりかもしれないよね。大抵ハズレでも可能性はある。まだ見てないうちは当たりかハズレか分からない。シュレディンガーの猫と一緒だよ。

――ね、だからさ。

見ないでもいい？」

〈ダメに決まってんだろハゲ〉

〈能力確認しないでこの先どうすんだよ〉

〈早く見ろよw〉

「うるさいなァ！　みんなも薄々分かってるでしょ⁉　このオチがァ！　今までの僕の出来事を思い返して、この状況が如何《いか》にフラグ立ってるか分かるよねぇぇッ⁉」

嫌な予感が全身を包むんだ。

これから先の一生の運命がこれで決まるような。並大抵の努力じゃ覆せないなんて思わせる激しい悪寒が。

僕は見たくない。嫌なものからは目を逸《そ》らしたい。臭いものに蓋をしたい。そうでしょ？　だって臭いんだから。

〈うるせぇな、あくしろよ〉

〈見ろ〉

〈《Ｓｉｅｎｎａ》内輪ネタやめろよ〉

〈バチクソ口悪くて草〉

〈今までの出来事→散々。やること為《な》すこと裏目に出る〉

〈おけ、把握〉

〈それが分かってるなら お前は成長してる、ってことだよ〉

〈危ないもんをすぐ口に入れるのに……？〉

〈三歳児で草〉

「分かった！　分かったって！　見るから！」

僕は渋々スマホを取り出す。

スキルの説明は鑑定を用いなくともできる。それが僕の首をどんどん窮屈にするわけだけど。

「ていっ！」

いざ、覚悟を決めてスキルを見ると――。

＊＊＊

スキル
《鑑定》《アイテムボックス》《苦痛耐性》《熱耐性》《捨て身》

《捨て身》……これから先のレベルアップで防御力上昇分を攻撃力につぎ込むスキル。また、重装備が禁止になる。

＊＊＊

「だと思ったよちくしょう！　何が捨て身だ元から捨ててるんだよこの身はなァ！」
〈あ――察し〉
〈ある意味最強のデバフスキル〉
〈幾らレベルが上がっても死と隣り合わせになるスキルじゃないですかヤダー〉
〈《ＡＲＡＧＡＭＩ》君は心の底からエンターテイナーなんだね。感服したよ〉
〈エンターテイナー（不本意）〉
〈バカなだけだよ〉
〈傍《はた》から見てたら面白いだけや〉
〈本人にとっては最悪だろうけどなｗ〉
　面白がるんじゃないよ。
　あと僕は芸人でもエンターテイナーでも何でもないわ。
「僕の死亡フラグがヤバい」
〈でぇじょうぶだ。ぽーしょんがある〉

〈大抵何とかなるさ。ゾンビだろ？〉

「ゾンビじゃないよ！　人間だ！　ポーション特攻だって苦肉の策なんだからね？　レベル上がって防御力上がったらちゃんと戦おう、って思ったのにさァ……」

全てが水の泡になった。

死してなお僕の足を引っ張るとは……。

ふぅ、と僕は深呼吸をして心を落ち着かせる。

凪《なぎ》をイメージして。ササクレ立つ心を呼吸でゆっくり鎮めていく。

叫んでばかりで何も進まないのはダメだ。

思考放棄はいかなる場であっても危険を呼ぶ。

「とりあえず、寝る」

〈現実逃避すんなって〉

〈睡眠が思考放棄ツールになってて草〉

〈キャパを超えたのか〉

〈気づいたらもう夜中じゃんか〉

〈俺らも寝るか……〉

〈俺んとこはまだ昼だが？おい、配信しろよ〉

〈日本以外も配慮してたら寝られねぇじゃんかｗ〉

僕はそんなコメントを余所《よそ》に、固い地面に寝転がる。

疲れてるせいか、眠気は一瞬でやってきて——起きるのも一瞬だった。

「おはよう。デッド・オア・アライブも三日目だね」

寝た気がしないなぁ。

生きるか死ぬかは永続だけど。

〈自分で言うのかw〉

〈もう昼だぞ〉

〈気持ち良く寝てやがって……〉

ふわぁ、と欠伸《あくび》を一つ。

水を買って顔を洗ったり、と最低限の身だしなみを整える。すっぴんがどうのこうの、というわけではなく、普通に目糞《めくそ》付いてたら恥ずかしいじゃん。

極限の環境であっても、身だしなみを気にすることで、人間の尊厳を失わないようにするんだ。

……手遅れとか言わないでもらってもいいかな?

昨日は……というか今しばらく散々な目に遭ってるわけだけど、一向に希望が見えないのは誰のせいなんだ。……僕だ。

「寝たらスッキリしたけど、スッキリしたせいで絶望が認識できるようになった」

〈紙装甲さんチッスチッス〉

〈思考放棄するから……〉

〈もう諦めれば？〉

〈全部お前が悪いんだよなぁ〉

〈自分の手で自分を絞め殺そうとしてるからなw〉

〈ある意味最強のドM〉

〈被虐趣味超えてて草〉

「いや、好きで腕消費してないから！　ピンチの時に何を犠牲にするか、って時に仕方なくポーションで治る四肢を差し出してるだけだよ？」

それも嫌だけどね！

散々な言われようだ。苦痛耐性があっても痛いのは嫌だし、熱耐性があっても溶けるのは嫌だよ。

嫌じゃなくなった時は多分人間辞めてる。

〈犠牲の優先順位がおかしいのよ〉

〈スナック感覚で腕消費すな〉

〈熱耐性付けるために嬉々《きき》としてマグマに腕突っ込んだのどちらさんでしたっけ……？〉

〈あーあ、ドMが露呈しちゃった〉

「良《い》いよ、もうドMで。我慢できてる時点で才能ありそうだし。……ドMの才能ってなに？　ニュアンスがすでにもう気持ち悪いんだけど」

そういう趣味はないからね？？

というか起き抜けに何でこんな生産性のない話をしなくちゃならんのだ。

「それより！　とりあえず今日はレベルアップの恩恵を確認しておこうかな。そんなに変わった気はしないいんだけど、ジャンプして飛びすぎて落下死とか笑えないし」

力が……うおおぉ！　とかはない。

スーパーヒーローのように岩を素手で粉砕とかもできる気がしない。

……いや、できるかもしれない。

「唸《うな》れ、僕の筋肉‼　ていっ！　――あっ」

僕は一か八か、洞窟の壁を素手でぶん殴ってみた。

骨折した。

〈何やってんの？ｗ〉

〈バカかよ。バカだ。バカだな（確信）〉

〈力に溺れて溺死してるやつおる〉

〈レベルアップの恩恵誤解してるぞこいつｗ〉

〈レベルアップして攻撃力と防御は上がるけど、他はそんなに変わらないいんだよなぁ〉

〈《ユキカゼ》一番の恩恵は動体視力が良くなること。レベル50なら銃弾をギリギリ目視できるライン。レベルアップして上昇するのはモンスターへの特効であって、身体能力は付随的なものにすぎない〉

〈充分すごくて草〉

〈ギリギリなのかｗ〉

「あ、確かに」

僕はポーションを飲みながら頷《うなず》く。

ユキカゼさんのコメントはまさに核心をついていた。

高レベル探索者……例えばユキカゼさんが、モンスターをバッサバッサと切り裂く光景は見たことあった。

でも、身体能力をフルに生かした動きじゃなかった。

僕には速すぎて見えない攻撃を、受け流して避けて隙を衝《つ》いて斬る。身体能力が上がっている、というよりは反応速度が上昇している。

でも、攻撃力は確かに上がってるんだと思う。じゃなきゃ硬そうなゴーレム型のモンスターを剣で切り裂くことなんて出来ないし。

レベルアップしたから倒せるわけじゃない。

技術がないと成せないことだ。

僕に今求められてるのは、力じゃなくて技術。

「そっか。じゃあ僕がするべきなのは技術の研鑽《けんさん》……！」

〈《ユキカゼ》でもここまでレベル差あったら小手先の技術じゃ通用しない〉

〈裏切られてて草〉

〈決意した瞬間に意見翻されとるｗｗｗ〉

〈草〉

「ユキカゼさん!?　もうちょっと希望持たせて欲しかったよ……。やーでも剣の性能的にも通用しないもんね」

安物のショートソードじゃ傷一つ付けられないのがオチだ。

「うーん、リスナー何とかして」

〈もっと自分で考えろよ〉

〈お前の頭脳で何とかするんや！〉

頭脳……頭脳？

ふふふ……

「えっと、あの、さ。――何で僕に頭脳戦期待するの？」

〈自分で言うのかよｗｗｗ〉

〈諦めんなｗ〉

〈いや、草〉

〈前科複数ｗ〉

〈確かにそうだけども！〉

僕が今までどれだけ引っ掛かってきたと思ってるんだ。

考える時は考えるよ、そりゃ。だって人間だもん。

でも、不意に思考が停止して体が勝手に動いてしまう。多分ただのバカなんだと思うよ。自覚しても治せない。やめられないし止まらないんだ……。

「僕の浅はかさを皆知ってるよね？」

〈うん〉

〈それはもうたっぷりと〉

〈当たり前だろ（ドヤッ）〉

〈知らないわけがない〉


僕はニコリと笑って言う。

「じゃあ頭脳なんて言葉は出ないはずだよね」

〈え、待って何でキレてるの？ｗｗｗｗｗｗ〉

〈意味わからんｗｗｗ〉

〈思考回路が……！理解できねぇ……！〉

〈草〉

〈《Ｓｉｅｎｎａ》こいつやべぇな〉

〈口調が崩れてる６位……〉

〈草しか生えん〉

キレてるのは冗談だけど、本当に僕に頭脳戦だけは期待しないで欲しいところ。努力はするよ？

本当だよ？

実際僕は知恵を借りて、素直にそれを落とし込むことはできる。適応力はそれなりに高いんじゃないかな？

でも……自分で考えられない……っ！

圧倒的不利……！　生み出すことへの適性の無さ……！

いや、考えられるよ？　ただそれがうまくいかないだけ。

判断はできるけど！

最終決定だけは僕がするけど！

「さて。どうするリスナー。僕の命は君たちが握ってるよ」

〈何でこんな不敵な笑みを浮かべてられんの？〉

〈おかしいって〉

〈さらっと責任押し付けてない？〉

〈ちがう、そうじゃない〉

「大丈夫。判断するのは僕だから。たとえそれでご臨終しても恨まないし、責任は僕にある」

〈そこだけ潔いんだよな〉

〈憎めねぇ……w〉

〈でも言ってること「何とかしろ。僕を殺したいの？」なんだよなw〉

〈クズで草〉

6．やったね！　またまた追いかけっこだよ！

結局、何をどう考えても打開策が浮かばなかったから、保留という前進も後退もしない中途半端な結果になった。

まあ、僕のカスＩＱで少しばかり方法は詰めてる最中なんだ。尤《もっと》も、カスだから期待できないけど。

「いやぁ、それにしても動体視力が良くなったことを配信のコメントで実感するとは。速いスピードで流れるコメントが全部読めたよ」

いつの間にか同接１５０万を突破している大人気（自虐）の僕だけど、当然コメントのペースは凄《すさ》まじく速い。

Ｂランク以上の冒険者は固定マークと呼ばれる……簡単に言えばコメントがしばらく画面に残る機能があるから、ユキカゼさんやその他のコメントは見逃さない。

けれど、通常のコメントは追い切れるはずもなかった……けど、今やレベルアップのお陰で止まって見えるね！

その代わりに頭が痛いけど！

〈毎回成長を実感する場所がおかしい〉

〈精神的な成長がないんだもん、当然だよね〉

〈地上に脳みそを置いてきた男だ……面構えが違う〉

〈草〉

〈日常生活でちょっと便利そうなのウケるわｗ〉

〈フラッシュ暗算が得意に……〉

〈数字読めても暗算できないから無理定期〉

〈ボロクソ言われてんやんｗ〉

「フラッシュ暗算ね。確かに暗算できない、って点については否定できないかな。でも、僕結構学校の成績は良《い》いんだよ？　定期テストだって学年一桁だし」

数少ない僕の自慢できること。

それが学力だ。五位以内には入れなくとも、安定して一桁順位には飛び込める。日々の勉強が大切なんだけど。

〈思考力と学力は別なんよ〉

〈凄まじく学力の良い奴《やつ》が凄まじく天才なわけじゃない〉

〈脳足りん、ってそういうとこだぞ〉

〈学歴で測れるのは辿《たど》った努力の形跡。スペックは測れない〉

〈なんか名言生み出してるやついて草〉

〈学歴は良ければ有利になるのは確かだけどな……〉

「言い返せない……」

僕は地面に手をついて軽く嘆く。

努力を認めてくれる分まだ優しい……あれ、染まってきてる？　この思考はＤＶされてたまに優しくされた時に異常に優しく感じるやつでは？　知らんけど。

と、まあこんな漫才みたいなことをやってたら、どれだけ時間があっても足りなくなる。

僕は徐ろに立ち上がって胸を張る。

「僕は決めた。コソコソしながらフィールドの地図を作ることを」

〈ついに動くのか〉

〈あ、オワタ〉

〈地図か〉

「何をどうするにも情報がやっぱり一番大事だと思うんだ。逃げる時も地形を把握しないと、行き止まりとか待ち受けてて物理的に終わっちゃうじゃん？　って、見るからに強そうな探索者の人が言ってた」

〈受け売りかよｗ〉

〈やけに頭良いこと言うな、って思ってたら〉

〈知　っ　て　た〉

〈途中までその通りだ、って頷《うなず》いてたのに最後の一言で信用ゼロになったわｗｗｗ〉

聞き耳立てるのも情報収集の一つでしょ！

まあ、あの場合は強そうな探索者さんがロビーで大きな声で言ってたから、っていうのもあったけど……。

「よし、これで僕の受け売りストックは消《き》え失《う》せたよ。無生物は鑑定できない、ってのと今のね」

〈ストック少ねぇなおい〉

〈また無知蒙昧《もうまい》な世迷《よま》い言《ごと》人間に戻るのか……〉

〈さよなら受け売り。こんにちは無知〉

「何気に酷《ひど》くない？　その通りだけど！　……まあいいや。地図はスマホにデフォルトで入ってるメモアプリで書いてくよ。ザックリとでもあるのと無いのとじゃ大違いだし」

上手《うま》く地形を利用して戦えたらな、というビジョンがある。狼《おおかみ》くん脳筋っぽいから全部一点突破で攻めてきそうだし。

〈頑張れ〉

珍しい応援コメントでやる気になった僕は、早速準備を始める。

そして、また少しの時間をかけて休憩所の入口に戻ってきた。

長らく奥で過ごしていたからか、入口が眩《まぶ》しく感じる。

口がぽっかり開いたような入口は、僕にとっては地獄へのスタート地点であり、希望を摑《つか》む第一歩でもある。

「ふぅ……」

マグマに大きい茶色の何かを落とした僕は無敵だ。

気分的にも身体的にもスッキリしているからね。

〈こいつ便秘だったんやな……〉

〈すごい清々《すがすが》しい顔してやがるｗ〉

〈まるで長年の憑《つ》き物《もの》が落ちたみてぇに……〉

〈ある意味覚悟決まって良いんじゃない？ｗ〉

《ＡＲＡＧＡＭＩ》ダンジョンで排泄《はいせつ》する人は一定数いるとはいえ、マグマは初めてのパターンだ。その瞬間は見られないとはいえ、〈規制〉の行方は気になるかな。例えば熱耐性は〈規制〉に作用するのか、などね。見る限り問題は無さそうだが臭いについても気になる、後は容赦なくマグマに向かって臀部《でんぶ》を突き出せる君の精神性も気になるかな？〉

〈なんで〈規制〉について熱く語ってんだこの二位は〉

〈世迷《よまい》のことを理解しようと思っても無駄だろ〉

〈《ユキカゼ》うん〉

〈やめろユキカゼｗ〉

〈意味深で草〉

なんかコメント欄が大喜利みたいになってる？

アラガミさんは〈規制〉愛好家なのかな？　僕にそういう趣味はないから知ろうとしなくて良いよ。本当に。遠慮しとく。

僕はアラガミさんを〈やべー奴〉の枠に入れながら、走るための準備体操を並行して行う。いきなりアキレス腱《けん》が切れても困る。攣《つ》るのも勘弁。

「さて、行くよ」

僕は床に両手を突き、前においた脚側の膝を立てる。

——そう、クラウチングスタートだ。

〈ん？〉

〈ん？ｗ〉

〈え、は？ｗｗｗ〉

〈こいつ急に何してん？〉

〈まさかまさか〉

「はい、よーい、ドンッ！」

僕は全力で休憩所の外に出た。

確かに上がった身体能力に感動を覚えつつ、僕は周りに狼くんの気配がないことを確認して、近くの岩陰に隠れた。

息を整えつつ訳を説明する。

「はぁはぁっ、最初に言っておくけど、全力ダッシュしたのは、入口近くに狼くんがスタンバイしてた可能性があったからだよ。流石《さすが》に不意打ちは死ぬから一気に走ったの。これに関しては何か言われる筋合いはないと思うんだ」

僕のなけなしの警戒心が三日遅れで発動した。

多分もう二度と発動しない。ありがとう、警戒心。そしてさよなら。

〈チッ〉

〈足りねぇ頭を働かせやがって〉

〈最初からその警戒心を使えよｗ〉

〈つまんね〉

「僕は君たちが殺人鬼に見えてきたよ」

それも快楽殺人鬼の方ね。

舌打ちはなくない……⁉

自分の思い通りにいかなかったからって八つ当たりしないで欲しいんだけど……？

「ハァ。とりあえず、早速地図を書いていくね」

僕は休憩所から今来た道のりをメモに記述する。

絵も描ける仕様だから、文字で補足していこう。

まず、このフィールドが円形なのは転移した最初に判明してる。だからグルッと円を描く。

休憩所を東に置くとして、ここを起点に書こう。

……なんか小難しいこと考えてたら脳がパンクしてきた。

「あ、てか高いとこに登って写真撮るのもありだよね」

そうじゃん！　写真あるじゃん！

僕はやっぱりバカだ。そんなことすら思いつかないなんて。

きっとコメントはまた罵倒であふれているのは言うまでもない。

敢《あ》えてコメントを見ずに、僕は丁度近くにあった坂を登って、フィールドをある程度見渡せる場所に来た。

そして写真をパシャリ。

パシャリ。

パシャリ。

「うん。狼とマグマが映える良い写真だ」

遠目に見えたのはフィールドの壁伝いに流れる、さながらマグマの滝と言える場所にいた狼――。

「あ、そうじゃん！　高いとこ登ったら丸見えじゃん⁉」

〈さっきからそれ言ってんだよアホ‼〉

〈早くコメント見ろよ‼〉

〈バカなの⁉バカだろ！バカ‼〉

〈逃げろって！〉

〈何やってんのォ⁉〉

「グルァアアアアッ！！！」

怒りの咆哮《ほうこう》を撒《ま》き散《ち》らす狼。

明らかに本気で殺《や》る眼光をした狼と、僕の命を賭けた鬼ごっこが、再び始まろうとしていた。

――まあ、休憩所は近くだし、狼くんとも距離離れてるし大丈夫でしょ！

えー、そんなことを思っていた時でした。

「アァァァッ！！！」

両腕消えた。

「イッツ、マジック！」

〈言うてる場合かｗ〉

〈余裕《よゆう》綽々《しゃくしゃく》で草〉

〈情緒がきしょい〉

〈本気出してきとるやん〉

〈まーたレーティングか〉

〈何にも見えなかったけどいきなり切り飛ばされてね？ｗ〉

〈腕ないとポーションが!?〉

〈ホンマやピンチじゃん！〉

ホンマやピンチじゃん、じゃねーんだ。軽いなァ！

「また腕か！　ワンパターンは配信映えしないでしょ！」

〈心配するとこそこ？？？ｗ〉

〈これは配信者の鑑《かがみ》〉

〈死にかけの一言が違うそうじゃない〉

〈まずは腕生やせよ〉

〈腕生やせ、というパワーワードｗ〉

〈苦痛耐性あるからって冷静すぎんかお前ｗｗｗ〉

《Ｓｉｅｎｎａ》私のキャラが薄く見えるくらい濃いわね〉

《ＡＲＡＧＡＭＩ》ハッハッハッ〉

僕は《アイテムボックス》からポーションを口で取り出し、太ももに挟む。そして蓋を口で引き抜いてそのまま飲んだ。

曲芸無しの最短効率の飲み方だ。多分。

「復活」

〈ゆっくりやればできるけど、動作が速すぎて結局曲芸なんよｗ〉

〈エグいて〉

〈ポーションを愛しポーションに愛されたアホ〉

〈草しか生えん〉

あれだけ血を失えば意識がヤバいかなー、とか呑気《のんき》に思ってたけど、ポーションを飲めばそこまで辛《つら》くない。

鉄分いっぱい含んでるのかな？　万能ポーション最高！

「というか、いつの間にか狼くん消えてるし」

遠目に見えた狼くんは、ポーションで回復している間に姿を消していた。

あれだけ執拗《しつよう》に狙ってくる辺り諦めた、って線は考えにくい。

〈マジか〉

〈寿命伸びて良かったじゃん〉

〈今のうちに休憩所に行くんや〉

「まあ、それしかないよね」

僥倖《ぎょうこう》と思ってサッサと逃げるに限る。

地図作りはまた今度。写真を撮れただけでも御の字だ。

僕は一応警戒しながら、坂を下って休憩所に向かう。

岩陰からチラリと休憩所の入口を見る。

「おぉ……僕より頭良いことしてる……」

狼くんが入口を塞ぐようにして佇《たたず》んでいた。

もう逃さないと言わんばかりに、犬歯を剝《む》き出《だ》しにして唸《うな》っている姿にはさしもの僕も身震いをした。

と、同時にモンスターって結構知能高いんだ、と感心もしている。頭脳派の称号は君に譲るよ。

元々僕も持ってないけどね。

〈感心してるしｗ〉

〈あー、まあ流石に逃げ込まれたらそうするよな〉

〈終わったやんけｗ〉

〈お前と違って学習してるじゃん〉

「うるさいな！　僕も学習はするよ。身につかないだけで」

〈ダメじゃん〉

〈学んで習ってない定期〉

〈そんな悲しいこと言うなよ。事実でも〉

〈で、どーすんの？〉

リスナーのボロクソコメントが酷い。

僕だって好きでこんなことになってないんだよ。学習能力の無さに関しては親と友達からにこやかにお墨付きを貰《もら》ってるけども。

学習能力が無いというよりも思考能力なのかな？

いや、結局ダメじゃん。何で自分の粗探ししてんの？　ドMかな？　……ドMだった……。

「うーん。狼くんがそこで待ってるなら、僕はその間に地図作りしようかな。僕の帰る場所を理解して陣取ってるならわざわざ追ってくることもないでしょ」

〈まあ、せやな〉

〈《ユキカゼ》【画像を投稿しました】これまで歩いてきた道のりの地図。切り抜きから集めるのに時間かかったけど、空白の部分は頑張って〉

「――――ッ⁉　神ですか⁉」

ピコンと表示された画像。

それは、僕が転移した時から今までの歩いてきた形跡から作った地図だった。

僕が作っているヨレヨレの線の地図なんかとは違って、しっかりとした地図らしさがある。やっぱりユキカゼさんしか勝たん。

「はぁ、やれやれ。リスナー。君たちはユキカゼさんを見習うべきだよ」

〈偉そうにしてるけどお前何にもしてないじゃん〉

〈頼っておいて傲岸不遜な態度なのなんなん？〉

〈怒るぞ？〉

〈キレてええんか？あぁ？〉


「ごめんなさい」


〈ちゃんと謝れて偉い〉

〈どこかで見たような光景〉

〈ピンチと比例して態度までデカくなるの草〉

〈普通逆だろw〉

ごめん、それは自覚なかった。

最初にあったはずの遠慮が、数々のリスナーの悪辣な言葉で消え去っただけだと思うんだ。

「君たちもピンチと比例しておつまみの数が多くなるでしょ。僕知ってるよ。昼から酒飲んでゲラゲラ笑ってるの」

〈ギクッ〉

〈なぜ、分かった……?〉

〈クズばっかで草……酒うめぇｗｗｗ〉

〈よくよくレーティング表示になるから成人が多いのは理解できるけど、クズばっかなのなんなんｗ〉

まあ、僕も配信者としての心構えが板についてきたし、娯楽として見てくれる分には全然構わないんだけどね。

そんなことを考えながら、とりあえずその場を離れる。

このフィールドは結構広いから、ユキカゼさんの作ってくれた地図にも空白は多い。

ここを如何《いか》に素早く埋められるかが勝負だ。

「ええと、まずは西側から攻めていこうかな」

僕は休憩所とは真反対の方角に向かうことにした。

狼くんから離れたいという気持ちもあってのことだけど、効率を重視……してないね、勘だよ勘。

「にしてもやっぱり暑い。休憩所は最後のマグマゾーン以外はひんやりしてたから環境は良かったんだねぇ」

煮え立つマグマのすぐそこを通りながら、僕は暑さに辟易《へきえき》していた。

〈見てるだけで暑そう〉

〈相変わらずマグマが近くにあるのに暑い、で済ませられるダンジョンに疑問ｗ〉

〈ダンジョンに物理法則説いても無駄よ〉

〈そして世迷は何か楽しそうだなｗ〉

〈ホンマや。ワクワクしてね？〉

「ん？　楽しそうに見えるって？　ふふーん、だって当たり前でしょ？　今、僕久しぶりに探索者らしいことしてるじゃん？　一階層以来だよ？　魔法陣踏んで、フラグ立てて、逃げて、夏野菜カレー作って、忘れたけど何か倒してレベルアップして。いや、濃いッ！　僕のダンジョン生活が濃いッ！」

今更だね！！！　ちくしょう‼

「で、これほとんど僕自身が原因で引き起こしたこと、ってのがまたミソ」

〈炸裂《さくれつ》しました自虐ネタ〉

〈言葉発する度に自分を追い込んでいくスタイル〉

〈ボックスくんの存在忘れてんの草〉

〈腕が消失することは薄い出来事なのね……〉

〈あら、慣れって怖い〉

ボックス、くん……？　まあいいや。

自虐って程でもないかなぁ？　現状の理解をしてるだけだし。そして理解すればする程に辛くなるのは間違いない。

「ん、まあ地上波で延々と流されれば君たちも慣れるよ」

〈慣れたくないのよ〉

〈慣れてるわけじゃなくて、諦めてるだけだろｗ〉

〈それは間違いないｗ〉

〈たまにワイらに同じ思いさせようとしてない？〉

〈これやるから許せ《¥18,000》〉

「スパチャありがとー。別にお金は無理しなくても良いからね。あ、いや優しさとかじゃなくて。リスナーに借り作りたくないだけで」

助かるには助かるよ？

ポーションも買えるし。幾らあっても良いのがポーション。飲み物としても傷薬としても、何でも使えるからね。

ただ金払ったからもっとエンタメしろよ、的な薄氷の上でタップダンスさせられそうなのが、ね。何回目か分からない言葉だけど、これも今更だったかも。

〈徹底してんなｗ〉

〈金払うだけの価値があるんだよな〉

〈流石密着ドキュメンタリー番組‼〉

〈反面教師の教育番組だろ〉

〈草〉

「もう国営放送くん、スパチャ頂戴。ギャラ欲しい」
〈ギャラは草〉
〈一応ニュース的扱いだから……ｗ〉
《ＮＴＤ》予算∪《¥5,000,000》
〈いや、草ァｗｗｗ〉
〈マジでやんの？？ｗｗｗ〉
〈国営放送ォ！ｗｗｗ〉
〈ギャグセン高ぇｗ〉
〈好きになったわｗｗｗ〉
「ぶふっ！　本当にやるんだ!?」
公式マークのついたコメント。
クリックしてみると、紛れもなく本物のＮＴＤ放送局だった。何してんの、本当に。
てか、予算て。額が現実味を帯びてるよ……。
僕は一頻《ひとしき》り笑ってから、にっこりと満面の笑みを作った。
「許すっ!!」
〈金に目が眩《くら》んでらっしゃる〉
〈チョロい〉
〈でしょうね！ｗ〉

〈こいつの笑顔には嫌な予感しかしないｗ〉

〈許されるＮＴＤ放送局ｗ〉

〈やったね！肖像権使い放題だよ！〉

〈プライバシーの欠片《かけら》もなくて草〉

〈リアルマネーじゃなくて、スパチャってのもまた良いｗ〉

デリケートな部分はレーティング関係なく非表示になる神機能が無ければ許してないと思うんだ。

僕は全世界に全てを曝《さら》け出《だ》すケツイはないからね。

そんな会話を繰り広げながら、地図を埋めていく僕。

西側の壁に辿り着いた時、僕はある物を見つけた。

「既視感」

〈同意〉

〈それな〉

〈学習、してるよな？〉

——マグマ溜《だ》まりの近くに鎮座している宝箱。

装飾はなく、簡素な木でできた宝箱がそこにはあった。

「これ、どうしたら良いと思う？」

〈落とせ〉

〈落とせ〉
〈落とせ〉
「中華鍋召喚‼」
僕はショップから中華鍋を買う。
落ちてきた中華鍋を空中でキャッチして、木箱を全力で押す。
マグマ溜まりがあるのが運の尽き。
消え去れ‼

——ドプリと沈む木箱。

うんともすんとも言わない木箱。
漲《みなぎ》る力もない。

「…………」
〈あー、これは……〉
〈スゥ————〉
〈やっちゃい、ましたね〉
〈《ＡＲＡＧＡＭＩ》普通の宝箱だったね、うん。ドンマイ〉
〈《Ｓｉｅｎｎａ》草ァ〉

「――――さいっっっっあくっ！！！！」

世界よ滅びろッ!!

「うわぁぁぁぁぁ！！！」

僕はやり場のない想《おも》いを抱えながら、その場から走り去った。

五分くらい全力ダッシュした後、僕は息を整えながらニッコリ笑った。

「さて、地図作り頑張ろっか」

〈現実逃避すな〉

〈そのリカバリーは無理だろｗ〉

〈現実を見ろ〉

「現実逃避とか言わないでよね。僕はただ目を背けたいだけなんだ。本物の宝箱をマグマに沈めた、なんて現実からね……ははは」

〈それが現実逃避って言うんやでｗ〉

〈目が死んでるしｗ〉

〈草〉

〈草〉

〈切り抜き確定だったな〉

〈まだ間に合う！サルベージだ！〉

〈無駄で草〉

マグマの深さが分からない以上、すくい上げることは不可能に近い。

僕がマグマに沈んだ場合、僕の命がサルベージされることはないんだよね。そこのところ分かってほしい。

あぁ……本当に何で沈めたんだ。

確かめる方法は幾らでもあったのに。

「四肢を犠牲にしていれば……。いや、だめだめ。後悔先に立たず。沈んだことは忘れて次に行こっか」

〈四　肢　を　犠　牲　に　し　て　い　れ　ば〉

〈並大抵の覚悟じゃねぇｗｗｗ〉

〈だからスナック感覚で腕消費すんなよ〉

《《ＡＲＡＧＡＭＩ》》ふと思った。東、西に宝箱があるということは、北と南にも宝箱がある可能性はあると思うんだ。周辺を探索したら向かってみることを提案するよ〉

「確かに……」

丁度休憩所と真反対の位置がここ。

真東と真西に宝箱がある、と仮定するならば北と南にあってもおかしくない。

これは再びもたらされた希望だ。

「ありがとうございます、アラガミさん。地図の空白埋めるためにも行く予定だし、宝箱に注意を払ってみようかな」

どんな意図で宝箱があるのか分からないけど、それが探索者にとって有利なモノであることは間違いない。擬態モンスターについては憎いけどね。

「正直、武器防具について期待はしてないけど、何か光明が拓《ひら》ける物が欲しいよね」

〈運を見放した男〉

〈見放されてるんじゃなくて自分から捨ててるからなw〉

〈諦めろ。無理だ〉

運だけじゃなくてリスナーにも見放されてるからね！

ボロクソコメントを流し読みしながらひたすら歩く僕。

地図が埋まっていくことに達成感を覚えつつ、僕は北の方角に向けて歩いた。

この階層の直径は、リスナーによると三キロくらいらしい。僕的には広いなぁ、って思うけど、中層にはもっと広いエリアがあるらしい。

時折警戒しながら歩くこと十数分。

僕はポツンと置かれている銀色の宝箱を発見した。

「はい、では安全確認します！　――――いってえええええええ！！　ですよね、腕消えるよねえ！」

コミカルに進めようと思ったけどやっぱり痛かった！

でも、痛いには痛いけど、感じたことのない種類の痛みなんだけど……。

何ていうか……刺激痛的な？

〈素手で草〉

〈い　つ　も　の〉

〈なぜ企画っぽく言ったｗ〉

〈あれ？　でも溶けてない？　擬態じゃなくて罠《わな》じゃね〉

〈本当だ。ドロってしてる〉

恐る恐る腕の断面を見ると、人様にお見せできないレベルでドロリと溶けていた。

「Ｏｈ……」

僕は若干自分の状態に引きつつポーションを飲んだ。

溶けた部分が丸ごと生え変わったのを確認して、僕はリスナーのコメントに頷く。

「本当だね。溶かすタイプの擬態モンスター？　それとも罠？　罠解除持ってないんだけどさ」

〈相変わらず鬼畜設定してるよな、ダンジョンってｗ〉

〈罠感知持ってても罠解除無きゃ開けられないというｗ〉

〈《ユキカゼ》酸の罠。見つけたらスルーが基本〉

「……ふむ。でも宝箱なんだよね？」

わざわざスルーするとかさァ……勿体無《もったいな》くない？

折角発見したのにスルーとかつまらないし、配信者としての矜持《きょうじ》と僕の沽券《こけん》に関わる。

「良いこと思いついた」

〈嫌な予感したの俺だけ？〉

〈また突拍子もないことするんやな、って〉

〈悪いこと思いついたの間違いだろ？ｗ〉

〈さてさてさーて〉

ふふふふふ、いつもの僕と思わないことだね。

僕だって思考したよ、ちゃんと。

罠って接触型でしょ？　触ったら発動しちゃうヤツ。

直接触らなければ、何ら問題ないはず。

かといって、何か布で覆っても布ごと溶かされるし、道具を使って遠隔で開けるのも僕の技術じゃちょっと拙い。

僕にできること、使えるものはたった一つ。

僕はポーションを二本取り出し、一本目は口の中に含ませておく。

でも、これだけじゃ二段階目の罠でどうしようもなくなる。

だから、二本目のポーションの蓋を外して、瓶ごと口に咥《くわ》える。

そう。

かの織田信長《おだのぶなが》は、連射性に欠ける火縄銃を〈三段撃ち〉という手法を使って事実上の連射を可能にしたという説もある。

——それと同じだよ。多分。知らんけど。

誰がポーションは一本ずつ、なんて決めた？　決められたルールを打ち破ってこそだよね！

名付けて〈ポーション二段飲み〉！

「ふぃふぽ《行くよ》！」

僕は颯爽《さっそう》と宝箱に手を伸ばす。

触れた途端に発射された酸によって、僕の両腕はドロリと消えた——と同時に口に含んだポーションを飲むことで即座に復活。

宝箱の蓋に手をかけて、あらん限りの力を込める。


——浮き上がる蓋！

——発射される酸！


宝箱の蓋の隙間に右肩をねじ込み、顔を傾けることで二本目のポーションを飲み復活。

ねじ込んだ右肩と復活した左腕を使って、僕は宝箱を開けることに見事成功したのだった。


「ヨシっ！」

〈はい、曲芸〉

〈サーカス団の団員募集してます？〉

〈まーた変なことやってるよ〉

〈ヨシっ、じゃなくて〉

〈《ＡＲＡＧＡＭＩ》笑いすぎて顎外れそう〉

《《Ｓｉｅｎｎａ》丁度戻ってきたらエグい一連の動作見せられたわ。いいサーカス団を紹介するわよ》
《《ユキカゼ》おぉ……》
「少しは褒めてくれても良いんじゃない？」
《すごーい》
《わー》
《へー》
《すぎょーい》
「君たち人の心をどこに捨ててきた？」
《ゴミ箱》
「うるせぇ！」
叫んだ。
妙な達成感と、リスナーのクズさに呆《あき》れる心情が混ざり合っている。これが労働か……。え、違う？
……とりあえず僕は、宝箱の中身を検分することにした。
「はぁ……。中には……ポーション？　めっちゃ毒々しいし」
中には僕の愛するポーションと全く同じ形の小瓶が入っていた。
ただ違うのは中身で、愛するポーションが鮮やかな緑色だとすれば、宝箱に入っていたのは毒々しい紫色。

「毒薬にしか見えない」

〈それな〉

〈飲め〉

〈飲もうぜ‼〉

〈イッキ！イッキ！〉

〈限界飲みサー大学生のノリで草〉

「いや、流石に飲まないよ⁉　人間が飲める色してないじゃん！　なんかドロッとしてるし……腐ってるんじゃないの？」

明らかに毒だと分かるモノを飲むバカがどこにいるのさ……いるよ、そうだよ、僕だよ！

飴《あめ》に関してはノーカウントでお願いしたいんだ。忘れて。

「とりあえず保管」

紫色の液体が入った小瓶を《アイテムボックス》の中に入れて、僕は気持ちを切り替える。

「次は南かな？」

東西南北にそれぞれあるなら、間違いなく南にもあるはず。いや、そう信じないと狼くんを倒せるビジョンが微塵《みじん》も見えないんだよね。

僕は歩きながら、宝箱があることを願う。

そして――。

「――罠無しでまた変なポーションか」

地図を埋めながら最南端に辿り着く。

丁度僕が転移してきた近くに金色の宝箱があった。灯台下暗しってやつだね。

そんなわけでサクッと安全確認（隠語）を挟んで開けると、そこには透き通るような青いポーションが入っていた。

〈即死系の罠に当たってない時点で割と運良いんだよなぁ〉

〈そのうち安全確認（笑）が即死確認（死）になりそう〉

〈そうなったらもう手の施しようがないだろｗｗｗ〉

〈今度は毒っぽくないな〉

〈何で本当に鑑定は無生物に効かないんだよｗ〉

いや、本当にね。

《鑑定》って名前しておいて盛大な詐欺だと思うんだ。名前変更してもろて。

今のところ狼くんに対してしか使ってないし、正直死蔵してる。

これも全て《アイテムボックス》が便利すぎるのがいけないんだ……！

「まあ、効果分からないし仕舞っておくかな。大体地図は埋めたし、そろそろ戻ろっか」

〈戻ろっか←狼くん歓喜〉

〈そこから先は地獄だぞ〉

〈元から地獄定期〉

〈よく笑顔で言えるな、こいつｗ〉

「選択肢がそれしかないんだから仕方ないでしょ」

フィールドをいつまでも彷徨《さまよ》ってたら、痺《しび》れを切らした狼くんに急襲されるのは流石の僕でも分かる。

そうなったら、二度目は逃げ切れない。

レベルアップして身体能力が上がったからって、あのレベル差じゃ雀《すずめ》の涙《なみだ》だよ。

〈結局休憩所はあそこしかないみたいだしな〉

〈情報集める度に絶望しかないのなんなん？ｗ〉

〈大丈夫だ。こいつは何があっても悲観しないｗｗｗ〉

〈謎の信頼ｗ〉

僕はコメントを眺めてふむ、と唸りながら言う。

「悲観ねぇ……。クヨクヨしてたって状況が好転するの？　誰か助けてくれるの？　自分の思い通りになるの？　……違う。そんなわけないよね。どうにもならないから現状を受け入れるしかないんだよ。そうやって生きていくしかないんだから」

どうしようもない時って、立ち止まるか足掻《あが》くかの二択だと思う。現状に絶望して、どうせ無理だと決めつける。立ち止まって、絶望に喰《く》われるんだ。

僕はそうはなりたくない。

死ぬにしてもやり通してから死にたい。何にもしないまま生を終えるなんて絶対に嫌だ。

だから僕は立ち止まらない。立ち止まるわけにはいかない。

〈おう……初めて感心したわ〉

〈芯は持ってるんだよなぁ〉

〈だから安心して見ていられる〉

〈やるやん〉

「リスナーが……デレた⁉」

〈前言を撤回するわ〉

〈やっぱ感心してねーわw〉

〈すぐ調子乗るんだからよwww〉

〈デレる要素なんて一ミリもないが？〉

ツンデレかな？　随分ツンが激しい上に、デレたと思ったらカウンター仕掛けてくるけども。悪辣ゥ！

僕はやれやれとため息を吐く。

「まあ、良いよ。僕にシリアスは似合わないし」

〈自分で言うのかよw〉

〈コメディ色が強すぎるんだよなぁ〉

〈腕を嬉々《きき》として失《な》くしに行く奴にシリアスが似合うわけないんよw〉

〈素でボケる男〉

〈存在がギャグ〉

「存在がギャグ⁉」

君たち本当に好き勝手言うよね！

思いっきりご飯時にエグいグロシーン見せてやろうか。

「立ち往生してるわけにもいかないし、進みまーす」

僕はリスナーに対する細やかな報復を構想しながら歩みを進めた。

目的地は休憩所。

三度目となる狼くんとの対面だ。

目的地に近づくにつれて、心拍音が徐々に上がっていく。

僕が狼くんに近づくと必ず起きる現象なんだけど、本能的に恐怖を感じているのか、はたまたトラウマを植え付けられているのか。

ま、どうでも良いけどね。

そんなの無視すれば大丈夫だし。

再び戻ってきた休憩所近くの岩陰で、僕はそんなことを考えていた。

「うん、やっぱりまだいるね。あの様子だとしばらくは待ってそうだけど」

休憩所までは約五十ｍほど離れている。

どうもバレていて泳がされてる気がしないでもないけど……。あれだけ嗅覚が鋭いならその線もあり得る。

〈賢いなぁ。お前と違って〉

〈ちゃんと考えて動いてるなぁ。お前と違って〉

〈体の大きさとか利用して計画してるな。お前と違って〉

〈お前と違って〉

「君たちどっちの味方なの？　あと、お前と違って、の単発利用はどういう意図があるわけ？？

いや、僕をバカにしてるってことはふんだんに伝わってくるんだけど!!」

分かってるよ！　僕よりモンスターの方が賢いことは！

だから僕より頭良いことしてる、って言ったしね。認めるべきところはちゃんと認めてるよ。

僕の首は永続的に締まってるけど。締めに行ってると言っても過言ではない。多分。

〈草〉

〈小声で怒鳴る、という器用なことをしてらっしゃる〉

〈《ユキカゼ》応援してる〉

〈純粋に優しいのユキカゼだけだなｗ〉

〈ある意味被害者だもんな〉

「おぉ……！　ユキカゼさん、ありがとうございます！　頑張りますよ！」

ユキカゼさんの応援は百人力だ。

アラガミさんもシエンナさんも面白がってる雰囲気の方が強いから、どうも素直に感謝するのは癪《しゃく》なんだよね。

ユキカゼさんだけが僕の癒やしだよ。

「さて、やる気も出たことだしアレ使うよ」

〈お、ちまちま作ってたやつ使うのか〉

〈まあ、狼くんと会った時用だもんなｗ〉

〈どうせ会うだろうなとは思ってたけど〉

僕も何となくそう思ってた。

僕がバカだっただけだけどね！　自虐最高！

「――では、これより世迷言葉《ことは》によるチャレンジが始まります。実況は僕、世迷と、解説は僕、言葉が務めさせて頂きます」

〈⁉〉

〈急にどうした定期〉

〈また変なことやり始めた〉

〈真面目な場所でふざけないと死ぬ病にでも罹患《りかん》してんのかお前は〉

〈どっちも同一人物じゃねぇかｗ〉

真面目な場所でふざけないと死ぬ病、ってのは否めないかも。厳粛な場では我慢するけど……こう、ウズってするというかね、うん。

僕はリスナーのコメントを無視して続ける。

「どう思いますか言葉さん。……ええ、そうですね。一見絶望に思えるかもしれませんが、チャンスはあると思いますよ。果たして彼の足りない頭でそれを導き出せるか。そこが勝負の鍵を握っているると思いますねぇ」

〈サ　ラ　ッ　と　自　虐〉

〈い　つ　も　の〉

〈何がしたいのか分からんｗ〉

〈誰にも分からんよ〉

〈ちょっとそれっぽいのやめろｗ〉

僕は徐ろに中華鍋と用意したものを取り出す。

「おおっと、中華鍋を召喚しました！　これは、恐らく狼の火球を耐えるための防具でしょう！……悪い手ではないと思いますよ。彼にしてはよくやった方ではないでしょうか。熱耐性と耐熱中華鍋の二段構え。どうなるのか見物ですね」

〈行動の意図を遠回しに説明してるの草〉

〈一人称で三人称っぽく説明……あれ、分かんなくなってきた〉

〈草〉

〈持ち手の部分が熱いんだよなぁ……ｗ〉

〈ポーションで何とかなる〉

　そのコメント通り、僕はポーションを口に含む。

　これで実況、解説は封じられてしまったけど、元からただふざけたかっただけなので問題はない。

「ふぃぼ行《く》よ！」

掛け声と同時に僕は岩陰から飛び出す。

休憩所までは直線距離。当然すぐに狼くんは僕の存在に気づき、ようやく来たかと言わんばかりに口元を歪《ゆが》めた。

一階層、ひいてはユキカゼさんの配信では見なかったモンスターの自我。流石知能が僕より良いだけある。

「――――グラァァァァ!!」

早速挨拶と言わんばかりに火球が飛んでくる。

うーん、敵ながらナイスコントロール。

「――――ッ!!」

なんて言ってる場合じゃない、ね!!

中華鍋を通して伝わってきた衝撃に、堪《たま》らず体がつんのめる。同時に耐えられないほどの熱気と痛みが体全体に生じた。

それでも防御できた！　と、気合いを入れて倒れかけた体を何とか元に戻す。

中華鍋を持っていた手は、すでに焼け爛《ただ》れていて〈うわぁお〉と心の中で悲鳴を上げるくらい状態は酷い。

うわぁお!!

〈威力やっば〉
〈紙防御の世迷が受け止めた!!〉
〈すご!!〉
〈めっちゃ手がグロいことになってるｗ〉
「いふぁい！」
まだポーションを使うわけにはいかないけどね。
この程度の怪我《けが》で音《ね》を上げていたら、この先は絶対に生き残れない。
その間に縮めた距離は三十ｍ。
残り二十ｍほどになって狼くんのデカさが身に沁《し》みて分かる。
例えるならばビル三階分くらいの大きさ。
僕が出会ってきた生物の中で一番巨体なのは言うまでもない。
「ラァァァァッ!!」
火球を受け止められたことが不服なのか、性懲りもなく何発も火球を放ってくる。
一発で結構な被害受けてるのに、そう簡単に撃ってくれちゃってさァ！
〈ヤバ！〉
〈めっちゃ撃つやん〉
〈狼「一発ずつなんて誰が決めた？」〉
〈実際そんなこと思ってそうｗ〉

「――ぐっ」

噛《か》み締《し》めた口元から声が漏れる。

受け止めた!!　走りながら何とか受け止めた!!

でも、消失しかけた腕に中華鍋を握る力はもうない……だから今こそポーション！

「復活！」

スマホを見る余裕なんて当然ないから、どんなコメントが来ているかは分からないけど、どうせ草生やしながら盛り上がってるんだろうね!!

〈復活、って毎回言わんとダメなん？ｗ〉

〈曲芸無しのポーション回復、だと……？〉

〈それが普通なんよ〉

〈世迷に間接的に感覚を狂わされてるワイら〉

〈もう普通の配信じゃ満足できねぇんだ……！〉

〈末期で草〉

「……！」

なんか嫌な予感した!!

まあいいや、それどころじゃない。

その間にも狼くんは次のモーションに入っていた。

しかし今は、狼くんの爪や牙がギリギリ届かないセーフティーゾーン。

必然的にまた火球を撃ち放つことは分かっている。

だからこその――今ッ！

「そいやっさ！」

僕は、手に隠し持っていたヒビの入った小瓶を投げつけた。

〈気が抜ける掛け声やめろ〉

〈そいや、じゃねぇのよｗ〉

〈ナイスコントロールｗ〉

〈マジで鼻に当てやがったｗ〉

〈勝負運だけは強いんやな〉

鼻に当たった小瓶が割れて、中身が盛大に飛び散る。

「ワゥッ⁉」

狼くんが驚きの声を上げて立ち止まる。

振り返ると、狼くんは体を揺らしながら叫んでいた。

「ば……ば……バゥッシュ……ッ‼」

「犬のモンスターに胡椒《こしょう》はセオリーだよね」

大きなくしゃみをした狼くんにケラケラ笑いながら、動きを止めた隙を狙って僕は休憩所に戻ることに成功したのであった。

てか、バゥッシュって。

〈うおおぉぉぉ！！！〉

〈やりやがった!!〉

〈マジで成功したし!!〉

〈まさかショップの調味料が役に立つとはなw〉

〈狼くんのくしゃみが草しか生えんw〉

〈ちょっと可愛《かわい》かったわw〉

〈最後スライディングで狼くんの股下通ってったなw〉

〈走りながら胡椒を正確に鼻に投げつけて……くしゃみしている間に股下をスライディングして通り抜ける……やっぱり曲芸では？？？〉

7．やったね！　みんなバカだよ！

「さぁて、お腹空《なか》いたからご飯食べよっか」

〈前、前〉

〈狼《おおかみ》くんガン見しとるて〉

〈切り替え早すぎて草〉

無事に休憩所に辿《たど》り着《つ》くことができた僕は無敵だ。

過信しているわけではないけども、狼くんも入口を攻撃することはなくなったし、まあ安全なんだろうと思っている。

僕はそのままショップで〈食糧一日分〉を購入。

厳密に言えば、一日分かというと一食分なんだけどそこの辺りは気にしないでいこうと思う。

「ふぅ……相変わらず作るものは勝手に決められるんだね」

落ちてきたのは〈餃子《ギョーザ》の皮〉とパッケージに記載された商品と、豚ひき肉、ニラ、キャベツ、すりおろしニンニク。

それとホカホカのご飯。

ちなみに狼くんはリスナーの言う通りに僕をガン見しながら睨《にら》んでいる。

〈餃子やんけｗ〉

〈商品そのまま出てきて良いのか……ｗｗｗ〉

〈相変わらずの炊きたてご飯〉

〈ご飯だけ良心的な設定なのウケる〉

〈早く作んなきゃ冷めるけどなｗ〉

「気分とか関係なく脈絡もなく料理を作らせるよね。確かに餃子は好きだよ？　羽根つきが特に」

〈お前の好みは聞いちゃいねーんだよ〉

〈飯テロやめろ〉

〈さっさと作れよ〉

「急に辛辣だなぁ……。情緒不安定すぎない？　落ち着くことと、人に対する思いやりを学ぼっか」

僕はリスナーへの愛を込めてニコリと笑って言った。

〈おめーに言われたかねぇよ！！！一番!!〉

〈ブーメランで首切られたいんか？〉

〈落ち着くとかｗｗｗｗお前がｗｗｗｗｗｗｗ〉

〈情緒に関しては一番人のこと言えないんよ〉

〈人の振り見て我が振り直せの極地がよォ〉

〈《Ｓ・ｉｅｎｎａ》お前が言うのかよ〉

この三日間の間にどんどん扱いが雑になっていくなぁ。

落差、っていうか感情のジェットコースターに関してはリスナーも大概酷《ひど》いと思うんだ。

シエンナさんに関してはずっと口調が迷子じゃない？

僕は非常識なりに常識人っぽく振る舞ってるつもりなんだよ？　……ごめん、嘘《うそ》だった。素でおかしいから常識のじょの字も知らないんだ。

「まあまあ、平和が一番だよ、平和が。最近は色々殺伐としてるし一回落ち着いて考えてみようよ。…………クソ狼がァ！　いつまで見とんじゃゴラァ!!」

〈いや、情緒〉

〈前言撤回が光速〉

〈理不尽すぎてｗｗｗ〉

〈狼「えぇ、僕っすか？」〉

〈これには狼くんも苦笑い〉

〈フラグ回収するの早くない？〉

〈急におかしくなるのやめてもろてｗ〉

〈最初からおかしいから問題はないな、うん〉

〈《ＡＲＡＧＡＭＩ》ここまで落ち着きのない人間を知らないね〉

「いや、さすがに冗談だよ？」

今のを本気にされたら僕の立場がもっと危うくなる。ただでさえ崖際で踊ってるんだから。

……うん、でも狼くんに怒鳴ることに関しては前科あるし本気にされても仕方ないかな。

いやでも、滅茶苦茶《めちゃくちゃ》強そうな外見しておいてワンパターンの攻撃しか仕掛けてこないのが悪いと思うんだ。

「この狼くん配信映えしないからなぁ……。そろそろクビかな」

〈草〉

〈獲物を追っていたはずがリストラされる狼くん〉

〈理不尽の権化で草〉

〈被食者側に選択権あるんかｗ〉

「ほら、やっぱり余裕がない今、切れるクビは切っておいた方が良《い》いと思うんだ」

〈切　れ　る　ク　ビ　な　ら　な〉

〈絵空事定期〉

〈切ってから言えよｗ〉

〈余裕がないのは誰のせいですかねぇ〉

僕だってサッサとクビ切って帰りたいんだけど。できるなら、のお話だよねぇ。

「さて」

そこで僕は話を打ち切って、材料を中華鍋に入れて歩き出す。ここじゃ調理ができないし、いつまでも悔しそうな狼くんを眺めていたい気持ちはあるけど仕方ない。

地味に調理場（仮）まで遠いんだよなぁ……。

僕は洞窟の長さに辟易《へきえき》しながら歩みを進めた。

＊＊＊

「ご馳走《ちそう》さまでした」

調理場（仮）で見事に餃子を作り上げて、美味《おい》しく完食。料理系男子の称号欲しいな。誰かくれない？

「本当は狼くんの目の前で煽《あお》りながら食べてやろう、って思ってたんだけど、そこまで調子に乗ったらしっぺ返しが怖いからやめといた」

〈世迷《よまい》が学習した、だと……!?〉

〈こいつが成長することはあったのか……？幻？〉

〈いや、行動に移してないだけで思考はおかしいんやで〉

〈煽り性能だけやたらと高いよなｗ〉

〈しっぺ返しなんていつも食らってるだろ。慣れろよ〉

「うん、腕が取れるのは僕も慣れた。日常茶飯事と言っても過言じゃないよね」

僕の脳内辞書に『四肢は消耗品』って言葉が刻まれたもんね。今のところ足は失ってないから四肢というか二肢？

足も慣れておくべきかな……？　いや、その思考はおかしい。多分。……多分？

〈慣れたらあかんのよｗ〉

〈そんな日常は嫌だｗ〉

〈《ユキカゼ》逞《たくま》しい……〉

〈流石《さすが》のユキカゼもドン引き〉

〈そら（安全確認（笑）なんてアホなことやってたら）そうよ〉

〈状況が状況だから仕方ないけど自分から危険に首突っ込んでる事が原因の八割だからな？？〉

〈お前のクビの方が危ないんよ〉

〈クビ賭けたデッドレースすな〉

「引かないで、ユキカゼさん！」

僕の心のオアシスがいなくなったらどうなっちゃうのさ。

そうだよ、どうかなっちゃうんだよ。

「もっと刺激的で喜劇的になっちゃうよ⁉」

〈ユキカゼ何とかしろ〉

〈ユキカゼ、お前……いや、貴方様《あなたさま》は必要でござる〉

〈珍しく言葉濁してるの草〉

〈ユキカゼ！　最初のネットに慣れた感じを出せよ‼〉

〈草生やしてたお前はどこいった‼〉

〈《ユキカゼ》ええ……？〉

僕の初期勢がユキカゼさんを励ましていた。

うん、仲良くなったようで何よりだぁ！

困惑しているユキカゼさんを尻目に、僕は呑気《のんき》にそんなことを考えていた。

と、同時にふと僕は漂ってきた汗の臭いによってあることに気がつく。

「そういえば僕、風呂入ってなくない……？　三日間も風呂無しとか衛生最悪じゃん。日本に住んでた弊害が……」

〈どうでもよくね？（鼻をホジホジ）〉

〈お前以外いないんだし気にしなくてもええやんw〉

〈でぇじょうぶだ。病気になってぇもぽーしょんがある〉

〈やはりポーションは全てを解決する……！〉

いいよね、いつでも風呂に入れる君たちはさァ。煽るんじゃないよ。叫ぶぞ。

ダンジョンに入る前の僕は、必ず一日に二回は風呂に入ってた。朝はシャワーで、夜は湯船に浸《つ》かって。

最近のゴタゴタですっかり忘れていたけれど、元来の僕はそこそこの綺麗《きれい》好きなんだ。

うぅむ、気づいたらお風呂に入りたくなってきた。

「両腕はさ、ポーションで新しく生え変わった腕だから綺麗だし……」

〈生　え　変　わ　っ　た〉

〈乳歯の感覚で話すな〉

〈腕は永久歯みたいなもんなんよ〉

〈これだから腕を使い潰す奴《やつ》は……〉

〈綺麗なのか、それはｗ〉

衣類をショップで買って、それを手ぬぐい代わりにしてお湯で体を拭く。これが一番の安牌《あんパイ》なんだろうけど、疲れ切った体には湯船でお風呂、なんて固定観念があるんだよねぇ……。当たり前だった文化風習が恨めしい。

「うーん、何とかここにあるもので湯船を作ってお風呂に入る方法を模索……」

はっ、分かった。

僕は指をパチンと鳴らして言った。

「ポーションを飲みながらマグマに入れば良いのでは……？」

〈はい、バカ〉

〈一気にＩＱ下がってんやんｗ〉

〈なに閃《ひらめ》いたみたいな顔してんの？〉

〈体張った芸人も今時そこまではしないぞ〉

〈体張る、じゃなくて命張ってんのよ〉

〈ポーションの供給が追いつかないだろｗ〉

〈溶けるお前は見たくないぞ〉

「ダメかぁ」

リスナーの徹底的な否定で僕は諦めることにした。

良い案だと思ったんだけど。

まあ、いいや。

「寝る」

〈ふて腐れてて草〉

〈子どもかw〉

〈※彼は十七歳です〉

〈年齢に見合った度胸じゃねぇなw〉

べ、別に不貞腐《ふてくさ》れてないし！

僕は誰に言い訳するでもなく、床にゴロンと寝転んだ。

＊＊＊

「そろそろ飽きた」

起床。

寝入るまでは早いけど、寝覚めがいつも最悪だ。これは布団問題をどうにかしないと。

今は転移生活四日目。

自分で起床と就寝の時間を選べるから、結構怠惰な生活を送っている節がある。代償が腕だけどね。

〈何に？〉

〈何がだよ〉

「今、四日目だけどさ。同じ環境に身を置きすぎたなぁって。一日が探索、腕消費、鬼ごっこ。以上。狼くんの顔も良い加減見飽きたよね」

〈腕消費を一日のルーティンにすな〉

〈視点がリスナーなのなんなん？ｗ〉

〈環境（間近に死）〉

〈草〉

何なのかな。

どうせ見てる人が沢山いるなら楽しんでもらいたいじゃん。自己犠牲精神とかそんな崇高なモノは一切持ち合わせてないけど、僕も死なずにリスナーも楽しめる。Ｗｉｎ－Ｗｉｎだね！

「まあ、そろそろ狼くんを倒しに行きたいな、って」

〈算段は？〉

〈何か策でもあるわけ？〉

〈狼くんリストラされるのか……〉

〈草〉

〈こんなアホにクビ切られるなんてなｗ〉

「え、策？　あるわけないじゃん、そんなの。だから君たちに聞いてるんだよ？　あるならもう行動してるしね」

〈さも当たり前みたいな顔で何言ってんだこいつ〉

〈これぞまさに厚顔無恥ｗ〉

〈厚かましさの見本市がおる〉

〈一階層に恥を置いてきたんか〉

〈策があってもガバがあるだろお前の場合〉

　僕のカス頭脳で導き出した策は、成功する確証も無ければ実験もできない危ういもの。そろそろリスナーに言っても良いかもしれないけど、また馬鹿にされることは目に見えてる。

　土壇場でやって驚かすのも面白いかも。

「とりあえず、調味料の類は有効なことが分かったね」

　まさかあんな可愛《かわい》いくしゃみをするとは思っていなかったけど。あれは少しあざとくないかな？

　リスナーの好感度狙ってる？

　他の調味料で使えそうな物は……。

「辣油《ラーユ》、七味、酢……かな。犬に食べさせたらダメな物とかは……うん、あの巨体だったら毒にならなそうだし」

〈その辺りが有効か〉

〈攻撃はどうすんの？ｗ〉

〈ダメージ与えられなくない？〉

「いや、本当にね。攻撃手段がないんだよ。目にショートソード突っ込んで抉《えぐ》り取《と》るって方法も考えたけど」

僕のジャンプ力じゃ目元まで飛び上がることは不可能だし、移動手段がない。まあ、無理だね。

〈えげつないｗ〉

〈絶対に飯時にやらないで欲しいわｗ〉

〈眼球もそれ相応の耐久力があるだろうし、無理だな〉

《ＡＲＡＧＡＭＩ》あの手に入れたポーションが毒ならば可能性はあるかもしれない〉

〈見る限り毒だけどどうなんだろｗ〉

〈つくづく邪道だけどそうも言ってられねぇ〉

宝箱から手に入れたポーション。

それは毒々しい紫色と透き通るような青色の真逆な二つがある。

どっちが毒かなんて一目瞭然だし、確かに狼くんを毒殺するのは有効な手立てかもしれない。

でも、

「毒か……さすがに可哀想《かわいそう》じゃない？」

〈おま、それ言う？〉

〈散々邪道進んできたくせに今更？？ｗ〉

〈ボックスくんをどうしたか思い出せよ〉

〈窒　息　ッ　！〉

〈可哀想とかｗｗｗ〉

〈憐憫《れんびん》とかお前に備わってない感情かと思ってたわｗ〉

「情の一つや二つくらいあるけど⁉　僕のこと何だと思ってるのさ、まったく」

僕はやれやれ、と頭を振って否定する。

あ、でも僕のこと殺そうとしてる狼くんに情が湧く理由がないよね。

よくよく考えたら、焼こうとしてきたり食べようとしてきたり、残虐な方法で殺しに来るモンスターにどう情が湧けば良いんだ。

うん……。毒殺しよっか。

一転して僕はニコリと満面の笑みで言う。

「もう、それはそれは苦しませて毒殺しよっか」

〈この一瞬で何があった？〉

〈もう分からねぇ。思考も行動も言動も何もかもが理解できない……もうこいつ人間じゃねぇよ〉

〈ボロクソで草〉

〈ここまで言われるのも否めないｗ〉

〈《ＡＲＡＧＡＭＩ》おもろ〉

〈おい元凶〉

〈毒を吹き込んだ世界二位がよぉ〉

〈凶器をもたせると人ってこんなに変わるんだな〉

たかが四日で僕のことを完全に理解できるなんて思わないでよね！

「大丈夫。僕の家族も友達も僕のこと理解できないから」

理解できるのはいつだって自分だけ。

他人に理解されようと振る舞う必要性を感じないし、理解できないことをわざわざ押し付けてまで理解させるのは違うでしょ。

別に僕の隠された闇……！　とかじゃなくてね？

持論だけど、自分の心の底を暴かれることほど怖いことはないと思うよ。

〈いや、でしょうね〉

〈理解できてたらこんな怪物になってないって〉

〈家族もなんかw〉

〈満面の笑みなの何でなん？ｗｗｗ〉

〈真似《まね》したくないけど考え方は同意できる〉

「誰が怪物だよ」

か弱くて儚《はかな》い人間だけど。

むしろ弱すぎてそろそろ腕のもげた回数が二桁を突破しそうまである！

僕はそこで思考を打ち切って、狼くん討伐作戦の話に戻った。

「じゃあ、第一案は毒殺ってことで、まずは例の物が本当に毒か検証してみよっか」

僕は《アイテムボックス》から二つの小瓶を取り出す。

相変わらず紫色の小瓶は、少しドロっとしていて見るからに毒です、と言わんばかりに存在をアピールしている。

一方の透き通るような青色の小瓶は、光に反射してどこか幻想的な雰囲気が感じられる程だった。

グレートバリアリーフ的な海の色とはまた違う綺麗さがある。僕の貧弱な語彙力じゃ綺麗な海を引き合いに出すことしかできない。泣きそう。

〈検証とは〉

〈あれ、これまた例のパターン？〉

〈嫌な予感しかしない〉

〈信用ゼロで笑える。さすがにそれはないだろ〉

〈まあ、これはな？〉

コメント欄が少しざわついている。

うん、僕もそこまでバカじゃないからね。

「分かってるって。僕のこと見くびらないでよね。――ほんの一舐《ひとな》めだから」

僕はきゅぽんと蓋を外すと、指先にドロリとした紫色の液体を付けて――――舐めた。

「――うっ」

〈分かってねぇじゃん⁉〉

〈バカなの⁉　バカだよ⁉　バカだろ⁉　バカァ‼〉

〈ほら言わんこっちゃない〉

〈死因。毒の毒見〉

〈毒の毒見とはｗ〉

「……まっっっず！！！」

うへぇ。エグみが酷い。

口の中がもう言語化できないレベルで気持ち悪いんだけど。

〈あ、生きてた〉

〈不味《まず》いで済むんかw〉

〈草〉

〈相当お顔を歪《ゆが》めてらっしゃる〉

「何だろう。苦いと思ったら酸っぱくて、かと思ったら辛《から》くて。次に吐き気を催すくらいの甘さがくるんだ。エグみと苦味の成分が凝縮されてて……これは健康に良さそう」

〈そのレベルまで行ったら良薬口に苦しちゃうねん〉

〈とにかく不味いのは分かった〉

〈どうして最後のセリフに繋《つな》がるんだw〉

〈形容し難《にく》い味なのね〉

リスナーのツッコミがどんどん刺さる。痛い。

僕は水をがぶ飲みすることでようやく口の中を正常にすることに成功した。

後味が悪いせいで今にも吐きそうけど。

「最初からこれは毒じゃないと思ってたんだ。今までのパターン的に、危ないと思ったものが大丈夫だったり、大丈夫だと思ったものが危険だったり。天邪鬼《あまのじゃく》なダンジョンだからこそ、これは毒じゃない、って判断したんだよ。リスナーの一人が」

〈お前じゃねぇのかよ！〉

〈少しでも知能が上がったと思ったら下げてくる〉

〈上げて下げる天才〉

〈自虐やんけ〉

〈納得だ、って頷《うなず》いてたのが馬鹿らしいわ〉

〈《ユキカゼ》納得だけどなぜ舐める……？〉

〈そ　れ　な〉

〈予想信じすぎ定期〉

実は宝箱から毒々しいヤツが出てきた時に、コメントに今言った予想が書かれていた。僕も経験からして納得できたことだし、毒なら毒でポーション飲めば良いや、って。

「落ち着いてよ。ポーション飲めば毒なんて治るでしょ？」

〈状態異常はポーションで治んないぞ〉

「え」

〈こいつ知らなかったな……？〉

〈新人講習寝てた弊害が再び……！〉

〈結局自業自得で草〉

〈やっぱり学習しねぇなァ!!〉

〈知らなかったは死んでからじゃ通じねぇぞｗ〉
〈草〉
マジかぁ……。そうなんだぁ……。
僕は無理やり笑顔を使って親指をグッと立てた。
「結果オーライ！」
〈誤魔化すな〉
〈結果、な？〉
〈恥ずかしいでちゅね～？〉
〈無知は恥ずかしい指摘された今の気分は？　ねえ？〉
「うぜぇ!!」
今のは、というか今のも僕が悪いけどさァ！
言い方ァ!!
……というかもう一つの小瓶が毒なのか確かめようがないんじゃ……。
あ、狼くんで実験すれば良いのか。
倒せたらラッキーってことで。
「よし、狼くん毒殺計画の開始だよ！」
〈これで倒せなかったら詰むんだよなぁ〉
〈なんつー物騒な計画名〉

〈で、どうやって飲ませんの？〉

こう……グッと、バッと。なんか。

「ノリと勢い」


〈つまり無策ってことｗ〉

〈何も考えてないやんけ〉

〈バカのノリはバカでしかないんよ〉

〈草〉

〈これだから世迷は〉


散々な言われように苦笑しつつ、僕は再び洞窟の入口まで戻る。

僕は、相変わらず入口前で立ちはだかる狼くんを見てため息を吐いた。

「まだいるし……」

どこかに行ってると思ってたのに待ち伏せしてた。ストーカーかな？　僕のことそんなに好きなの？


〈そりゃあんなことされたら見逃すわけないよなぁ〉

〈当然の帰結〉

〈めっちゃ睨んでらっしゃるｗ〉

「まあ、毒殺には都合良いのかな？　変に居場所分からなくなるよりも近くにいた方がチャンスはあるよね」

〈ノリと勢いでどうすんだよてめーはよ〉

〈正確に口の中狙って投げられるならやれよｗ〉

〈失敗したら二度と出られないね！〉

〈そもそも本当に毒なのか分からない件〉

確かに試してないから毒かどうか分からないんだよね。

明らかに聖水的な何かにしか見えないけど、僕の勘が言ってる。多分きっとこれはメイビー毒だって。あやふやァ！

「心配はご尤《もっと》もだけど、僕には策があるんだ」

狼くんに安心して毒を飲んでもらうためにも、僕は一応策と呼べるものを考えてきたんだよね。

無い知恵を捻《ひね》り出《だ》して、知恵熱が出るくらいに思考して。

そしてハッ、とアイデアが降りてきた。

「チキチキっ！　投げれないなら腕ごと喰《く》わせれば良いじゃない。題して、腕で毒殺タイム！」

〈何言ってんだこいつ〉

〈また変なこと始めたよ。いつものことか〉

〈珍しくニュアンスは伝わる。ただそれがアホなのは分かる〉

〈もう奇行種は黙れよ〉

〈あーね。馬鹿なの？ｗ〉

〈お前この前好きで腕消費してるわけじゃない、って言ってなかったっけ？〉

〈腕消費をコンテンツ化するな〉

〈《Ｓｉｅｎｎａ》こいつ頭イッてるよ〉

〈《ＡＲＡＧＡＭＩ》相変わらず最高におかしくて好き〉

〈《ユキカゼ》あぁ……〉

ん？　ユキカゼさんはどうしたんだろ。

シエンナさんとアラガミさんはいつも通りとして、この策は結構僕的にも良くできた方だと思うんだけど。

確かに腕を喰わせる、って一見エグめなドＭ企画に聞こえるかもしれないけど、確実に体内に摂取させるなら一番効率が良いと思うんだ。

「本当は毒殺前に『狼くんの纏《まと》ってる火で料理してみた』とか『狼くんとフリスビー（中華鍋）で遊んでみた』とか単発企画モノをやろうと思ってたんだけどね」

〈本来の目的忘れてない？〉

〈あくまで脱出が目的だよな？？〉

〈そこで配信者としての矜持《きょうじ》を出す必要ないのよ〉

〈……ちょっと見てみたいと思ったワイがいるｗｗｗ〉

〈クソ、知能を配信者の才能に全振りしたアホが〉

《《ＡＲＡＧＡＭＩ》スパチャするからやってみないかい？〉

〈もっとアホがおったｗｗｗ〉

〈喰《そそ》られるなよ世界二位ｗ〉

〈享楽主義者で草〉

「いやぁ、やってみたいんだけどね。できない理由はまず高確率で死ぬことでしょ。後はなんかこれ以上狼くんの顔を拝みたくないこと」

〈明確な理由とただの私情で草〉

〈顔に嫌悪感を抱くようになったんかｗ〉

〈だから飽きたとか言ってたわけねｗｗｗ〉

〈珍しくまともな理由だったｗ〉

〈まともなの前半だけで草〉

目的は忘れてないよ、うん。

サッサと脱出したいからこそ、面白そうな企画を断念してまで毒殺するんだから。並大抵の覚悟じゃないよ、これは。

「僕のＱＱＬを上げるためでしょ。目的は忘れてないよ……ふっ」

僕はどこかで聞き覚えのある言葉を活用して言った。

〈ＱＯＬな？〉

〈クオリティ・オブ・ライフだぞ？バカか？〉

〈無知をドヤ顔で披露できるのすごい〉

〈待て、クオリティ・クォーター・ライフかもしれん。四分の一の確率で四肢を失うことを示唆してる……⁉〉

〈深読みで草〉

〈今のところ二分の一か二分の二なんよ〉

「ま、まあ知ってたけどね」

知ってるよ、ＱＯＬ。昨今の社会情勢の……アレだよ、何かが問題になってどうこうしてるアレでしょ？

知らんけど。

と、に、か、く。

「いきなり腕差し出しても食べないと思うんだ。僕より賢い狼くんなら、何かを疑うのは当然だよね。だから、少しずつ懐柔していくのが良いと思うけど……」

念入りに火球飛ばして焼こうとしてる辺り、何かを狙ってることは明白だ。そもそも人間を食べるのかも地味に分からない。

モンスターは何を目的に人間を襲うんだろうか。

食べるためなら分かる。知能が高いなら、闘争心を満たしたいのも分かる。

けれど強者が一方的に弱者を甚振《いたぶ》る。

狼くんはこれには当てはまらないと思った。

舐めプしてる頃はその線もあったけれども、本気になった今分からなくなったんだ。
〈流石にお前みたいに得体の知れんものを食わんよな〉
〈こら、道端に落ちてる物食べちゃダメでしょ！〉
〈ゴミ扱いで草〉
〈人間卒業おめでとう〉
〈草〉
「幼気《いたいけ》な純情青年を化け物扱いするなんて失礼な」
〈幼気？純情？ハッw〉
〈どこがw〉
〈青年しか合ってる要素ねぇぞ〉
〈すでに扱いが化け物〉
僕はただの人間なのに……。
ちょっと頭が弱くて無知で行動派なだけなんだ……！
「とりあえず僕に対する扱いは要相談として、一回試してみようかな」
休憩所としての機能を果たす明確な境界線は入口付近。
そこまでは僕が絶対的な安全を有する。
だがしかし、一歩でも出ればそこは狼くんのテリトリーゾーン。
僕は狼くんの下へと一歩ずつ進んでいく。

「グルルルルルゥ……」

近づけば近づくほど音量が大きくなる唸《うな》り。

地の底から震えるような唸り声に、僕は「またか」とワンパターンさに苛立《いらだ》ちが恐怖を上回る。

「常にクリエイティブに生きてる僕なのに、君はちっとも改善しようとしないじゃないか。僕の両腕を消し飛ばした謎の攻撃は目新しさがあったけど、結局は火球しか飛ばさないし」

グチグチと文句を吐きながら、僕は右の手のひらに小瓶を握りしめる。

青色に透き通る液体に僕の命運を賭けた。

僕はニコリと笑って右手を洞窟の外に出して、

「ほら、たんとお食べ」

〈だーかーらー感情の落差ァ！〉

〈最早《もはや》怖さが勝った〉

〈どんな目線でお前は語ってんの？ｗ〉

〈笑顔は殺意を隠すため、ってどっかで聞いたんや〉

〈笑う度に恐慌を引き起こすアホの言葉〉

〈お前もう笑うな〉

〈てか、流石に食わんやろ〉

〈狼くん警戒しながら見て……〉

〈口を大きく開けて……〉

〈《ARAGAMI》いったァァァ！〉

〈《Sienna》日本には類は友を呼ぶ、って言葉があると聞いたわ〉

「あ、本当に食べるんだ⁉」

サックリと逝った右手に心の中で合掌しながら、僕はポーションを飲んで復活した。

「アアアアアアアッ」

その間に目の前で白目剝《む》きながら悶《もだ》えてる狼くんがいた。

「ねえ、君バカなの？　ねえ。ねえ、バカぁ？」

〈否めない〉

〈お前に言われたくない、と言えない程のバカさw〉

〈呆気《あっけ》ねぇw〉

〈やっぱ毒だったんかいw〉

やっぱりモンスターはモンスター程度の知能しか持たないんだね……。

と密《ひそ》かに冷笑する僕は、休憩所から出て悶える狼くんを観察する。

背中を地面に付けてジタバタする様子は傍《はた》から見てもバカ丸出しで、僕は知能で初めて優越感を覚えた。

と、同時に嫌な予感。

悶え始めてから結構経《た》った。

五分？　十分？

「ヤバい狼くん死なない……ッ！」

「グルァァァァァァッ！！！」

大気を震わせる叫び声が響いた。

その瞬間に僕は脱兎《だっと》のごとく走り去っていたけれど、追いかけてくることはもう分かった。

〈何で休憩所に逃げないの⁉〉

〈どこ行くんお前！〉

〈《ＡＲＡＧＡＭＩ》いや、正解だ。毒で一応弱っている今、倒すにはこの瞬間しかない。猶予を与えると体内で毒を分解してしまう。そうなれば、攻撃力を持たない彼が倒すことは不可能に近いだろう〉

〈《Ｓｉｅｎｎａ》私も同感よ。幸か不幸か、本能か。知らないけれど彼は無意識に正解を選び取ったようね〉

〈《ユキカゼ》筋道を整えれば……いや、難点は決定打〉

〈上位勢による珍しい真面目な解説〉

〈多分あいつは何も考えてないけどな〉

ごもっとも。

とりあえず逃げなきゃ、って体が勝手に動いてた。

「――――現状維持がこれ以上ない逃げなのは分かってる。僕はそれが嫌だ。ピンチなのは元から変わってないし、やるべきことはやった！　今この瞬間に運命を変えぶっ」

噛《か》んだ!!

「走ってる最中に長文喋《しゃべ》るの無理!!」

〈うーん、この世迷感〉

〈絶望をコメディに変える異能力〉

〈世界一いらないがw〉

〈格好つけようとするから……〉

「うるさいな。憧れてるんだよ、そういうセリフ!」

言えなかったけどね!!

なんて茶番劇を繰り広げてる間にも、チラッと振り返ると、千鳥足で狼くんが追いかけてきたのが確認できた。

フラフラして今にも倒れそうなのに、その速度はレベルアップにより身体能力が上がった僕よりも遥《はる》かに速い。

——たまーに役に立つ意見を挙げてくれるリスナーもいるんだ。

実践、させてもらうよ。

僕はスマホで作った地図を開く。

コメントも見られるように小さい画面で。部分的な二窓状態だ。

「やるよ」

シャキーン。

走りながら小さくポーズ！

〈格好つけんな〉

〈状況分かってる？　……分かってるわけないか〉

〈どうせボロ出るんだから〉

〈黒歴史増やすだけだぞ〉

〈やるよ……ガクガクブルブル〉

〈草〉

コメント見る必要あるかな、これ。

「思ったより速いな、狼くん」

僕には地図がある。

曲がり角で何とか差をつけられているけれど、それも時間の問題だ。というか狼くん、ホームグラウンドのくせに地形把握できてないのウケる。

〈そういうお前は随分余裕そうだな〉

〈漂うフラグ臭w〉

〈もっと必死に走れよ〉

〈てか、何すんの？〉

「必死に走ってるでしょッ！　見れば分かるよね‼　見て、この玉のような汗。努力の結晶ってやつだよ」

〈余裕じゃねぇか〉

〈軽口叩《たた》いてる暇あったら足りない知能を働かせろ〉

〈発言全てが叩かれる炎上者（物理）〉

〈草〉

〈見て、じゃないのよｗ〉

余裕そうに見えるかもしれないけど、これはこれでキツイんだよ。

スタミナ切れたら終わるし、ポーションを時折飲むことで何とか撒《ま》けてはいるけど、さっさと行動に移さないと狼くんが毒から回復しちゃう。

「Ｂダッシュ！」

〈ふざけるなって〉

〈お前の辞書にシリアス、って言葉はないんか？〉

〈通常ダッシュが黙れよ〉

ピンチに陥る度にリスナーが辛辣になっていく……！

僕だって真面目にやる時は真面目にやる……って前も言った気がするけど、絶望に染まった時こそふざけて精神を安定させるんだ。

というか誰が通常ダッシュだ。全力だよ！

そんなツッコミを心の中でしつつ、僕は後ろに迫る狼くんの叫び声と足音をＢＧＭに、フィールド上に点在している岩の丘に登った。

例えるなら東尋坊《とうじんぼう》。

ドラマで犯人役が追い詰められる崖のやつね。その高度を低くしたバージョン？　多分。

崖の下には煮えたぎるマグマがぶくぶくと音を立てている。

「待ちの姿勢」

僕は崖際で膝立ちをした。

〈何してんの？ｗ〉

〈意図を説明しろよｗ〉

〈待ちの姿勢、とかそういうセリフはどうでもいいｗ〉

「まあ、簡単に言えばアレだよ。……えーと、海水の陣？　みたいなやつ」

ほら、あったじゃん。

後ろが危険で、ギリギリに陣形を組むことで力を発揮できる、みたいな故事成語。知らんけど。

〈背水の陣な？〉

〈全然ちゃうやんけｗｗｗ〉

〈噴いただろ、何で海水なんだよｗ〉

〈海水の陣は草〉

〈無知もここまで来たら滑稽だなｗ〉

〈《ユキカゼ》……〉

〈遂《つい》に喋らなくなったしｗ〉

待ってよユキカゼさん！　わざとじゃないんだ！

……いや、わざとじゃなくて普通に無知だから呆《あき》れられたのか、うん、そうだよね。ダメじゃん。

「あ、狼くん来た」

ゆっくりと丘を登ってきた狼くんは、ようやく追い詰めたと言わんばかりに犬歯を剥き出しにする。

でも、あんなに凛々《りり》しかった顔面はピクピクと痙攣《けいれん》していて、酒に酔ったみたいにフラフラと足元が覚束《おぼつか》ない。

「え、なんか目がイッちゃってるんだけど……こわ。可哀想に」

〈下手人《げしゅにん》が何を言ってるんだよｗｗｗ〉

〈誰がやったと思ってる？　お　前　だ　よ〉

〈悪意持って仕掛けてから「可哀想」のセリフはまさしく性悪なんよｗ〉

〈情緒も行動も言動も常人の思考じゃないんよ〉

〈《ＡＲＡＧＡＭＩ》恐ろしいもの見てる気分だね〉

〈世界二位は引くどころか爆笑しそうなんだよなぁ……〉

〈ある意味ガチ恋勢だろｗ〉

〈ガチ恋勢は草〉

〈愉悦趣味の間違いだろ〉

ここが正念場だ。

最早コメントを見る暇すらない。見ても有益な情報なんてミジンコほどもくれないから必要ないけどねェ！

「来いよ狼くん。ひと思いに楽にさせてあげる」

　僕はあらん限りの優しい微笑《ほほえ》みで啖呵《たんか》を切る。

　それが伝わったかどうか分からないけれど、狼くんはヨダレをベロンベロンに垂らしながら一直線に飛びかかってきた。

〈菩薩《ぼさつ》のような笑み〉

〈こ　わ　い〉

〈狼くんの表情がキマっちゃってる……〉

〈知能が……！知能が感じられねぇ……！〉

〈世迷の腕食った時点で知能なんてカスだろ〉

〈浅はかなり……〉

〈同じ空間にバカが一匹増えただけなんだよなぁ〉

〈世迷も匹扱いで草〉

〈せめて一頭、二頭にしてやれよ……！〉

〈違う、そうじゃない〉

　僕に向けて走る狼くん。

　走って、走って、距離を詰める。

　いざ、数メートルの距離になった時に、狼くんはジャンプをして僕に飛びかかってきた。

「ガルァァァァァァッッ！！！」

「それを待っていたんだっ‼」

別にジャンプしてこなくても作戦は成功してたけど。

毒で弱って、思考がおしゃかになった狼くんだからこそ仕掛けることができた薄氷ギリギリの作戦。

僕は飛びかかってきた狼くんの――――腹の下をスライディング！

わざわざ腹下空けて飛んできてくれてありがとね！

心の中で感謝をしつつ、頭上をひゅーん、と通り過ぎていく狼くん。

今君は何を思い、どんな光景を見てるんだろう。

多分マグマだけど。毒で苦しんでるし思考すらしてないと思うけど。

ま、全部僕がやったことだけどね！　ひゃっほい！

「バカが！　知能も判断能力も失ったモンスターなんて、ただの獣でしかないんだよ！　あははははっ！」

僕は確かな勝利の予感を感じたままハイになって叫ぶ。

腰辺りに感じるナニカの気配なんかに気づく訳もなく、僕は確定してない勝利の雄叫《おたけ》びを上げた。

そしてその僅か一秒後、グイッと強い力で引っ張られているかのような感覚が襲いかかってきて――。

「――――え」

――――気づけば僕は丘から真っ逆さまに落ちていた。

視界に広がるのは真っ赤な海。
感じる熱風。
そして今僕はこんなことを思っています。
拝啓、リスナーの皆様。
「調子に乗るんじゃなかった！！！」
〈狼くん「お前も行くんだよッ！」〉
〈尻尾でサラッと巻き添えにしましたねぇ……〉
〈これが鮮やかなフラグ回収というやつかｗ〉
〈《ＡＲＡＧＡＭＩ》生きてたら盛大に笑うよ〉
〈《Ｓｉｅｎｎａ》即堕《お》ち二コマ〉
〈あーあ、終わったなｗ〉
〈反省して次に繋げよう〉
〈次があるのか、これはｗ〉
〈反省しても改善できない男〉
〈～完～〉
〈誰一人として心配してないの草しか生えん〉
〈何とかなる。世迷だぞ？〉
〈世迷だぞ、は世界一信用したらダメなのよ〉

8. やったね！　中華鍋無双だよ！

僕が唯一《ゆいいつ》人に誇れること。

それは——どれだけピンチになったとしても、思考を止めないこと。考えることを続けられること。

その考えたことが何にも役に立たないこと。

いや、それは自虐。

とにかく、僕は漫画補正みたいに心の中でベラベラと話すことができるわけで。

このマグマにダイブする間際。

僕が取った行動は本能に突き動かされた最適解だった。

「召喚」

落ちる刹那、僕はスマホのショップ画面を開いて中華鍋を買う。

すかさず上に現れた中華鍋の柄を引《ひ》っ摑《つか》んでお尻の下に敷き、中華鍋の上に乗ることでマグマの中に落ちることを防いだ。

謎電力で動くラグ無しの高性能スマホと、金さえあれば色々買えるショップだからこそできる荒業。

「あっっっ!!　いったっ！」

マグマポチャは避けられたけれど、勢いそのままで突っ込んだせいか、少しマグマに浸《つ》かった両足がじんわりと溶けた。

あちゅい。とけりゅ。

そんな呑気《のんき》なこと考えてる場合じゃないんだけど、熱耐性のお陰か色々と慣れたんだよね。知らんけど。

〈曲芸キタァァァ――――!!〉

〈何が何だか分からんかったぜw〉

〈よくあの一瞬で思いついたなwww〉

〈結局四肢は削られるのね〉

〈い　つ　も　の〉

〈脱出後の就職はサーカス団か……〉

《《ＡＲＡＧＡＭＩ》やるねw《¥10,000,000》

〈スパチャ有言実行してるしw〉

〈額がエグいw〉

《《ユキカゼ》頑張れ《¥5,000,000》

僕は溶けた両足をポーションで再生した。

やっぱりポーションは最高だね。どんなに四肢を失おうと一瞬でニョキッと生えてくる。

コスパも最高だし、生え方が精神衛生的に悪くないのが個人的に高ポイントなんだよね。

「思ったより底浅い!!」

落ちた狼《おおかみ》くんは、落下ダメージは避けられなかったものの、すぐさま体勢を整えて僕を睨《にら》む。

明らかにダメージが少ない証拠だった。

半身が浸かっている状態で、身動きは制限されているみたいだけど、僕の狙っていた窒息の効果が及ぶことはない。

あれなら宝箱をサルベージできたかも。

燃えていないなら、って話だけど。

〈底が浅い……自分のことかな?〉

〈草〉

〈そういう意味じゃねぇだろw〉

〈流石《さすが》にあの巨体は入り切らないか〉

〈てか、念願のマグマ風呂じゃんwww〉

〈ホンマや、夢が叶《かな》ったなw〉

「僕は足湯じゃなくて全身入りたいの」

〈溶けたのに足湯表現www〉

〈全身とかドM極まりだな〉

〈耐性鍛えてから出直してこい〉

〈風呂に入りたいのかマグマに入りたいのか……〉

〈後者だったら怖すぎて何もできねぇｗ〉

〈そもそもマグマを風呂って仮定してるのがヤバいんよ〉

《Ｓｉｅｎｎａ》バカに付ける薬はないって本当よね〉

ちらりとコメントを流し読みしながら、僕はマグマにプカプカと浮く鍋の上にいる。めっちゃ熱いけど。

そもそも鍋だし、熱を通しやすいわけで。

今もジュウジュウ熱されてるんだよね。僕はステーキじゃないから調理されるのは勘弁だよ。

あと僕はまともで正常なんだって。

「……よし、もう一個中華鍋召喚！」

再び中華鍋を召喚する。

それをオール代わりにしてマグマからの脱出を図ろうとする僕だったけど……。

「お、重い……」

粘性が高すぎて全然動かない!!

いや、少しは動くんだけど、本当に遅々としてるから狼くんに襲われたらジ・エンド。

マグマって密度がすごい、とか聞いたことあるんだけどここに来て邪魔するとは思わなかった。

狼くんが今様子を窺《うかが》っているだけなのか、それともマグマに囚《とら》われてろくに動けないのか。

後者でお願いします。

「ワゥアァァァッ!!」

「ですよね動けますよねぇ！」

誰だよ動きが制限されてるみたいだとか言ったの！

……僕だよ、ちくしょう！

〈あんまり距離離れてないけど大丈夫かｗ〉

〈今度こそ終わっただろ〉

〈いや、動きは遅い！　頑張れ狼くん！〉

〈裏切ってて草〉

〈時折裏切り者がいるんよｗ〉

〈どうしても世迷《よまい》を応援したくない勢力がいるんだよなぁｗ〉

流石に中華鍋でオール作戦は無理!!

時間もそんなに無いし、バランスがちょっとでも崩れたら僕はマグマにアイル・ビー・バックだ。

ただし二度と帰ってこない。カムバックができないメイビー。英語弱者がバレちゃう。

とにかくオール作戦に代わる方法を見つけ出さねば……ハッ！

「ドキドキっ！　中華鍋で足場作戦ッ！」

〈こんな状況でこいつは……〉

〈何となく分かった〉

〈成功のビジョンが見えねぇｗ〉

リスナーの反応を見ることなく、僕は次々に中華鍋を購入して前方にぶん投げる。

僕の歩幅を無計算で適当に測ったら、中華鍋七個分の距離だった。証拠はない。

「せいっ、やっ、ほっ」

一歩目、成功。

二歩目、右足溶ける。ポーション回復。

三歩目、左足溶ける。ポーション回復。

四歩目、両足溶ける。ポーション回復。

五歩目、バランス崩して右手が溶ける。無回復。

六歩目、成功。

七歩目、あかんミスってもうた。

「うぎゃぃっ！」

陸まで後一歩のところで、僕は誤って中華鍋の縁の部分を踏んでしまい転倒してしまった。

そんな僕を思わぬ形で救ってくれたのは狼くんだった。

——転倒し、あわや顔面からマグマポチャ。

しかし、僕を足止めしようと放った狼くんの火球。それによって大きく弾《はじ》き飛《と》ばされた僕は様々な怪我《けが》を代償に陸《りく》に吹っ飛ぶことができた。

〈狼くんｗｗｗ〉

右腕と左足が溶け、全身火傷《やけど》と陸に打ち付けられたことによる色々複雑骨折が痛い。

〈まさかの奇跡ｗ〉

〈やっぱあの犬畜生、知能低いわｗ〉

〈噛《か》み合《あ》った二人の連携プレー……これは相性が良《い》いのでは？〉

〈噛むのは狼くんだけだろ。腕差し出す辺りＷｉｎ－Ｗｉｎかもｗ〉

〈色々失ってらっしゃる〉

〈あらー、レーティング〉

〈《ＡＲＡＧＡＭＩ》ｗｗｗ〉

〈世界二位が言葉を失《な》くした……!?〉

〈笑いすぎてまともに文字打てないだけだろｗ〉

かろうじて動く左手でポーションを《アイテムボックス》から取り出して飲む。

復活を確認した僕は、吹き飛ばされた衝撃で手放したスマホを回収して叫ぶ。

「復活……ッ！」

〈あー、はい〉

〈すごいねぇ〉

〈へー、やるやん〉

「淡白っ！　君たちは僕のリスナーなんだからさ。もっと面白く返せると思うんだよ。この状況で世迷《よま》い言《ごと》を言いまくる僕よりは学があるでしょ？　まあ、人のピンチで酒飲むクズも一定数いるけど」

アドレナリンがガンガン出てるから、若干テンションがおかしい節はある。それでも僕は信じてるんだ。

リスナーが面白いことを言ってくれるって。

……いや、違うんだよ。

僕が欲しいのは有益な情報であって、漫才のネタじゃない。

〈また世迷ってる〉

〈なんか新たな言葉が創造されとるｗ〉

〈命よりも面白さを取る男〉

〈ドンドン肩書き増える件〉

〈何を期待してるんだよ〉

〈後ろ！　後ろ！　狼くん来てるってｗ〉

〈なんの根拠で言ってんｗ〉

〈酒うめぇ〉

〈人の不幸は蜜の味なんだよな、やっぱり〉

〈自分で前にドキュメンタリー番組って言ってたし良いだろ別にｗ〉

〈過去の発言を切り取って免罪符にする揚げ足取りの天才〉

〈それ、ただ小狡《こずる》いだけなんよ〉

「ダメだクズしかいない。日本終わってる」

〈お前を産み出した国、って時点でもう終わってる〉

〈視聴者の七割外国人だけどなｗ〉

〈層の厚さが違うからなぁ〉

〈あと狼くんから逃げろよ〉

お、そろそろ狼くんがマグマから抜け出しそう。

普通に動けるけど陸ほどのスピードはないし、毒に侵された今、撒《ま》くのはできるっちゃできる。

サッサと逃げようとして、僕はふと立ち止まった。

でも――――本当にそれで良いの？

逃げ回ってばかりで。

策が失敗してしまった今、僕が取れる行動は限られているんだ。また逃げて何かを考える？

それが上手《うま》くいかなかったらどうする？

僕だって戦う勇気を見せつける必要があるんじゃないかな？

僕は料理以外に使うことのなかったショートソードをスラリと引き抜く。

狙うは眼球。

確か多分、眼《め》は脳に繋《つな》がっているはず。

グサリとやっちゃえばいける。

〈お？〉

〈まさかやるのか？〉

〈やめとけってw〉

〈レベル50の攻撃力でどないすんねんw〉

〈いや、待て見てみろよ世迷の目を。あれは…………何も考えてない目だ。終わったな〉

〈草〉

〈草〉

御名答。

僕は初めて、逃げずに戦う勇気を持って狼くんと対峙《たいじ》する。

情も愛着もない犬畜生。

君には随分と手を焼かされたね。

でも、今度こそこれで終わりだ。

僕が終わらせる。今ここで、鬼ごっこを終わらせてみせる。

「死にさらせえええええええええ！！！！」

走る！　走る！

鈍色に輝く剣刃を……剣刃ってなに？

……とにかく刃を眼球に向けて振る。

狼くんは未《ま》だ完全にマグマから出ていないから半身が浸かっている状態にある。

そのお陰で、この刃が目に届くのだ。

「……デスヨネー」

ガキン、と音を鳴らして折れた僕のショートソード。

悪い予想通りに僕の剣が阻まれた。もちろん、狼くんには傷一つない。

見つめ合う僕と狼くん。

「ほら、折れたお陰で包丁として使いやすくなった的な。君も怪我はないし、僕は包丁が出来た。Win‐Winってことで手打ちに————グボェゥッ!!」

〈即堕《お》ち二コマ感〉

〈安定の〉

〈どこがWin‐Winなんだよｗ〉

〈頭突きされて壁にめり込んだァァ!!〉

〈ここでサクッと殺《や》っちゃわないあたり、狼くんの知能の低さが窺える〉

〈大丈夫だ！　世迷にはギャグ補正がある!!〉

〈しっかりポーション飲まんと回復しないけどな〉

〈使えないギャグ補正で草〉

〈現実vs.ギャグ補正〉

〈苦痛耐性のお陰で気絶できないという〉

〈《ＡＲＡＧＡＭＩ》やはり君は必要な人材だ〉

《《Ｓｉｅｎｎａ》関わりたくねぇな》

《《ユキカゼ》何してるの……？》

〈いつものお三方はこれまた三者三様の反応〉

ポーション飲んで復活。

多分全身複雑骨折してたから時間経過で普通に死んでたね。血だらけだし。

コメントの通り、僕を殺す絶好のチャンスで殺さないんだから、狼くんも僕と同じアホバカなんだね。良かったよ近くに同類がいて。

「いや、毒で思考ができない可能性もあるのか」

少なくとも落ち着いて状況判断はできなさそう。

間違いなく僥倖《ぎょうこう》だ。吹っ飛ばされたお陰で距離も稼げた。

「さあ、第二フェーズだよ」

僕はヒクヒク頬を引《ひ》き攣《つ》らせながら言った。

〈今のところ全て失敗してるけど大丈夫そ？〉

〈何で穴だらけの作戦を毎度自信満々に言えるのか謎でしかないなｗ〉

〈そういう年頃なんだろ〉

〈頬引き攣ってんぞｗ〉

〈虚勢の塊で草〉

〈見栄《みえ》を張って知恵を失う男〉

〈これ第一フェーズだったんか〉

〈今北産業〉

〈逃げる↓崖から仲良く落ちる↓マグマ風呂↓助け合いながらマグマから脱出↓喧嘩《けんか》中〉

〈おけ、把握〉

〈捏造《ねつぞう》すんなよｗ〉

〈第三者視点から見たらそれ程間違ってないのウケる〉

〈ツッコミどころ多すぎるだろｗ〉

うるさいな君たち。

失敗は一応予想してたし。でも、やってみないと失敗するか分からないし、第二案を出すだけの時間と知恵は生憎《あいにく》と持ち合わせてないんだ。

しかもあんなに底が浅いなんて思わないじゃん。

「さあ、リスナー。案ちょうだい」

〈こいつさては何も考えてなかったな？〉

〈自信満々に言っておいて無策とかｗ〉

〈まともな案を俺たちが出したこともないのに頼るとかバカなの？〉

「まともな案を出したことない自覚あるなら出してよ！」

何でそんな開き直ってるわけ？

確かに今まで情報とか打開策を打ち出してくれたのは、ユキカゼさんを始めとする上位探索者たちだ。

一般リスナーくん頑張ってよ。本当に。切実に。

ひたすら走りながらスマホに向かって叫ぶ僕。

実のところ……というか見て分かる通り余裕はない。狼くんがかなり弱体化していることが分かっても、それでも僕の遥《はる》か上の強さなんだ。

しぶとく生き残れてるのも狼くんの思考が鈍っているだけ。

「見て見て。僕はこの通り満身創痍《まんしんそうい》で、その上これ以上の策は全く思いつかない。ほら、無知蒙昧《むちもうまい》な僕を救ってくれないとさ。死んじゃうよ。マジで。良いの？　切り抜き師さんとか収益無くなるよ？　酒のつまみが無くなっちゃうよ？」

僕はグッと拳を握って続ける。

「いけるいけるいけるッ!!　僕からもっと搾取できるんだよ!!　そのチャンスをふいにするなんて勿体《もったい》ない!!　あー、勿体ないッ!!　無限の鉱脈を君たちは捨てようとしているんだよ!?　ほら、搾取してみようよォ!!　搾りカスになるまで搾取するのが現代でしょ!?　もっと欲望とか野心とか出せよォ!!」

〈恥も外聞もプライドも何もかもねぇw〉

〈自分のピンチを捨て置いて俺たちの心配するとは人間の鑑《かがみ》〉

〈なわけw〉

〈自分の安全のために他を脅してるだけなんだよなぁw〉

〈おま言う連発〉

〈搾取は草〉

〈現代の闇を常識のように語るな〉

〈こいつやべぇw〉

〈言葉も出ねぇわw〉

〈世迷い言とも言い切れない情けない言葉を聞いた〉

〈生き汚い欲望と諸々《もろもろ》の野心を持ったバカが言うと説得力が………無いわ〉

〈草〉


実際僕が死んで困る人は一定数いる。

心情的な問題じゃなくて、お金的に。僕が今現在莫大《ばくだい》な利益を生み出しつつあることは、リスナーのコメントから何となく分かる。

最早《もはや》僕の配信は、一般人にも広く知れ渡っているコンテンツだ。果たして死んで困るのは僕？　それとも……？

まあ、そんなのどうでも良くて、普通に助けて欲しいだけなんだよね‼　ピンチです‼　ずっと！

「助けてえええええ！！！」

僕は泣くことも悲痛に歪《ゆが》むこともなく、至って真面目な顔で叫んだ。どうにもできないなら後はよろしく、の叫びだ。

ここは僕に任せて先に行って！　あれ、先に行く仲間すら……。

〈叫ぶ表情じゃない〉

〈なぜこいつは一定の余裕があるんだ……w〉

〈流石の世迷もネタ切れか〉

〈しゃーねーな〉

〈解析班、そろそろ割り出せたろ？〉

〈《ＡＲＡＧＡＭＩ》待たせたね。動画解析が済んだよ。文献との照合が思いの外時間がかかってね。協力者の存在もあって早く済んだ方だが〉

〈解析してたのお前かよ〉

〈適当に格好つけようと解析班って言ったのに〉

〈助ける気微塵《みじん》もなくて草〉

〈愉快犯おるで〉

「アラガミさぁぁぁん！！！！」

やはり救世主はいた!!

協力者？　アラガミさんのギルドの人かな？

何はともあれ、これから僕の反撃ターンの開始というわけだね。アラガミさんの情報は九割正しい。

狼くんのテリトリー内にモンスターはいない、という情報。
あれも、休憩所内がテリトリー外ならば、その予想は当たっていたことになる。……うん、微妙に外してるような気がしないでもないけどさ。
「靴でも舐《な》めるんで教えてください！」
〈元から無いプライドをマイナスにする男〉
《《ＡＲＡＧＡＭＩ》強制はしないがギルドに入って欲しいところだ〉
《《ＡＲＡＧＡＭＩ》情報だが、君が鑑定した時に名が〈スコル〉だった。火を纏《まと》う狼。この情報ならば一定の知識を持つ者は、これが神話に登場する生き物だということは理解できるだろう。しかし、確たる証拠はない。神話での撃退方法が現実に通用するとは限らないからだ。ゆえに他のダンジョンのケースや、神話の文献を解析することにした。すると、インドダンジョンの50階層ボスが不朽とされる神話の生物だったことが判明した。しかし、インドダンジョンは八年前に攻略されている。どう討伐したのか。当時の攻略者に話を聞くのは骨が折れたが、何とかコンタクトを取ることができてね。そこで神話と同等の方法で討伐することができた、ということが分かったんだ。本題だが、スコルはラグナロク時に太陽を飲み込む神話の生物ということが分かった。それゆえ、当時の撃退方法であった〈鍋を叩《たた》く〉、もしくは〈鍋でぶっ叩く〉。それが攻略方法だと思う。多分〉
〈最後の多分で逃げるな〉

「長い!!　僕に分かるように一行で!!」

《《ＡＲＡＧＡＭＩ》神話の怪物。鍋でぶっ叩けばいける。多分〉

「把握しました!!」

〈草〉

〈草〉

なるほどね。

非常に簡潔で分かりやすい。

僕は頷《うなず》きながら想像する。黒くて丸いあいつを。

「やっぱり君だったんだね。――中華鍋ッ！」

いつだって僕を守ってくれた。

熱さから。悲劇から。飢えから。

その身を呈してずっと僕を守ってくれていたんだ。

消耗品だ、なんて言っていちいち買ってごめん。

これからは一つ一つ大切にするよ。

君が僕を守ってくれたように、今度は僕が君を守るよ。

――さて。

「よし、いっぱい買って投げるか」

〈あれ、なんかしんみりした空気流れてる?〉

〈どこにも感動要素ねぇよｗ〉

〈倒せるのか、中華鍋で〉

〈ばっか、今までどれだけ役に立ってきてると思ってんだ〉

〈最早世迷の本体が中華鍋まである〉

〈万能武器だな。料理にも使えるし〉

〈——逆だったかもしれねぇ〉

〈草〉

〈草〉

勝手に僕の本体扱いされてる中華鍋だけど、幾度となく僕の命を救ってくれたことは事実だ。

あの時調理器具だった君は防具に。

そして今度は武器へと変貌を遂げるんだ。

「中華鍋召喚!!　ポーション召喚!!」

幸いお金はたんまりとある。

アラガミさんの有言実行のお陰で更にスパチャ貯金が貯《た》まったからね。願わくばこれをリアルに還元できたら良いんだけど。

僕が死んだらどうなるんだろ。

残るなら文字通り負の遺産でしょ。

……そんなことはさておき、一先《ひとま》ず十二個の中華鍋と十個のポーションを召喚した僕は、迫りくる足音に怯《おび》えることなく一つの中華鍋を握る。柄の部分をしっかりと強く。

〈一気に表情が晴れやかになってやがる〉

〈分かりやすい奴《やつ》だなｗ〉

〈一応『多分』うまくいくんだけどな〉

〈前例はあるしいけるやろ〉

〈メインウェポン中華鍋とかｗｗｗ〉

〈何気に有能なのは認めるけどｗ〉

「中華鍋さんに失礼だろ。もっと敬いなよ」

〈擬人化するな〉

〈使えることが分かって一気に手のひら返すじゃんｗ〉

「僕は最初から知ってたよ。僕を救うのは中華鍋さん以外にあり得ない、ってね」

僕と中華鍋さんは運命の糸で繋がってるんだ。

恋慕はないから赤色じゃないけど、絆《きずな》ともいえる糸で繋がってるに違いない。僕を救うために行動してくれる。

ドキドキッ、中華鍋で足場作戦も、中華鍋が無ければ詰んでいたからね。

僕と中華鍋さんは一心同体。

絶対に僕は裏切らないし、中華鍋さんだって僕を裏切らないって信じてる。

物にも想《おも》いは宿る。信じていればきっと叶うはずさ。

〈嘘《うそ》をつくな嘘を〉

〈無知が知ってる、なんて言葉を発するわけがないだろ〉

〈どうせ即堕ち定期〉

〈世界一信用できない男〉

「今回ばかりは君たちも思い知るだろうさ。僕と中華鍋さんの絆の力をね」

キザに笑った僕は、いよいよ現れた狼くんと対峙する。

僕の足元には中華鍋が十一個。

狼くんとの距離はざっと十五mほどと近い。

「グァッ、ハッ、グルァ!!」

満身創痍という程でもないけれど、明らかに狼くんは体力、気力ともに消費していて、未だ毒に侵されていることは明白だった。

僕にとっても都合が良い。

この距離なら愚鈍な狼くんは——火球!!

「来たね」

僕の予測通りに口をプクリと膨らませる狼くん。……あら、やだちょっと可愛《かわい》い。

ごほん、それは何度も見た火球を放つ前のポーズだ。

流石の僕も何回も同じ行動を見れば予測くらいはできる。

――――だから僕は構える。

中華鍋さんを野球のバットに見立てて。

「せばんばんごうごうごう……よばんばん、世迷言葉《ことは》選手。右打ち」

〈おっとｗ〉

〈世迷ってるタイム来たわ〉

〈完全に野球やんけ〉

〈またバカなことをｗ〉

〈本物っぽく再現するなよｗ〉

〈無駄なところで細かい〉

〈四番とか自惚《うぬぼ》れが過ぎるわｗ〉

《ＡＲＡＧＡＭＩ》うーん、世迷〉

〈まさか打ち返すとか言わないよな〉

うん、そう。

僕は中華鍋さんを信じている。いけるいけるきっといける。多分きっとメイビー恐らく。

「さあ、放送席、実況の世迷と解説の言葉です。狼選手、やけに溜《た》めが長いですねぇ。どうでしょう、言葉さん。……そうですねぇ。これまでの経験を活《い》かして普通の攻撃だと効かないと踏んだのでしょう。狼選手は隙を見せることになりますが、世迷言葉選手にはそもそも隙があろうと攻撃力が絶望的に足りてませんからね。良い判断と言えるでしょう」

〈帰ってきた世迷と言葉〉

〈いや、それ同一人物や〉

〈だから解説で自虐するなw〉

〈(何で溜めの長い火球を打ち返そうとしてるんですか)〉

〈バカだから〉

〈なるほど納得〉

〈《Sienna》威力高まってるのを分かって回避手段を取らないなんて。アホね。アホこいつwwwwww〉

〈あ、六位が遂《つい》におかしくなった……〉

うるせいやい。アホにもアホなりのやり方があるの。

どのみち、鍋で攻撃しても中華鍋のストックが無くなれば僕は無防備だ。

早めに火球を撃たせて、隙が出来た時に畳み掛ける。それが僕の作戦……だけど、連続で火球を撃たれたらどうしようもないんだよね。そんなに体力が残ってないことを祈るしかないかぁ。

と、作戦を練っていると、ついに狼くんが火球を吐き出した。

その大きさは然程《さほど》変わっていないように見える。

でも……明らかに密度というか熱量が違う。

溜めてる間に何してたんだろう、とは思うけどそんなこと言ってる場合じゃない定期。

「バッターー振りかぶって………当たったァァァ！　手首折れたァァァ!!　いったァァァ!!」

〈草〉

〈本来笑い事じゃないはずなのに……こいつのリアクションが悪いｗｗｗ〉

〈当たったァァ！　折れたァァ！　いったァァ！　じゃねーのよ〉

〈このでしょうね感〉

〈い　つ　も　の〉

〈再びの世迷ワールド〉

「おい中華鍋ェ！　ちゃんとしろよォ！」

〈即堕ち二コマ〉

〈安定の手のひらくるっくる〉

〈手のひら折れてるんか？〉

〈手首は折れてるぞ〉

〈草〉

〈絆　の　力　ｗ〉

〈思考回路ショートしてんのかお前〉

打ち返せもしなかったし、なんなら僕の手首が曲がっちゃいけない方向にグッキリ逝ったよ。苦痛耐性のお陰でそんなに困ってないけどさ。慣れたし。

とりあえず火球自体は何とか逸《そ》らせたけれど。

「怪我の功名ってやつか……！」

僕は、事前に買っていたポーションの蓋を器用に肘で開けて、サクッと復活する。

〈ちゃうねん〉

〈いや、回避できてた事象なんだよｗ〉

〈火中にダイブ野郎は黙れ〉

〈自らネタに走ったのはどのバカだ、こんちくしょう〉

〈そんなことより狼くん来てるぞ〉

――っ、わっ。そうだコメント見てる場合じゃない。

急いで視界を前方に切り替える。

そこで、距離を詰めてこようとする狼くんに僕は戦慄した。

その速さはレベルアップした僕でも追いきれない程の速度で、一切の油断も手加減も持ち合わせてないことが分かったからだ。

だからこそ僕が刹那の時間に取った行動は奇跡に近いものだった。

「――――っ、どっせぃぃ!!」

僕は、手放さずに持っていた中華鍋を前方に思い切りぶん投げた。

くるくると回りながら飛んだ中華鍋は――――丁度向かってきていた狼くんの鼻っ柱に直撃した。

「アォンッ――!?」

〈痛そう（小並感）〉

〈やるやん！ｗ〉

〈戦い中は謎に運良いよなお前〉

〈《ユキカゼ》スカッとした〉

〈《ＡＲＡＧＡＭＩ》怯《ひる》んだ‼チャンスだ！〉

アラガミさんの言う通り、狼くんはさして威力もないはずの中華鍋の攻撃に怯んでいる。痛がっているというよりも……何だろう、不思議がっているような。少なくとも何かしらの効果はあるみたいだね。

「ふふふふふ……今までの恨みィィ‼」

僕は足元に準備していた中華鍋を、一個ずつ丁寧に振りかぶっては投げた。

「今の僕はピッチャー世迷。……ということは二刀流じゃん。やったね」

〈同じにするな〉

〈40年前の野球界の至宝じゃんか。一緒にすんな〉

〈やったね、じゃねーよｗ〉

〈あら、良い笑顔〉

〈世迷の笑顔→フラグ〉

〈やめいｗ〉

そんなわけで——投げる。

投げる。投げて投げて投げる！！！

ひたすら中華鍋を投げつける。

いくら苦悶《くもん》の声を上げようが、反撃しようとしてこようが僕には一切合切関係ない。

今の僕はただひたすら中華鍋を投げつけるピッチングマシンでしかないのだ。感情も消え……いや、めっちゃ爽快感。

無くなればショップで補充して、僕は狼くんが沈黙するまで投げつけた。

体感で一時間が経《た》った。

「遂にやった」

狼くんは纏っていた火が完全に消え去っていた。

これじゃあただの犬畜生だよ。やーい、唯一の主張ポイントを消された雑魚狼やーい。

〈まじかよｗ〉

〈こいつやり遂げやがった〉

〈すげえええええ！！！〉

〈勝ったな（確信）〉

僕はもう、それは有頂天だった。

「ふっふっふ。見たか。これが僕だ。生命力と気合いならゴキブリにも負けない自負がある僕だよ。知力が無くたって強大な敵に勝つことだってできるのだよ」

——僕は学ばない。

調子に乗るんじゃなかったと叫んだ記憶はすでに遠い彼方《かなた》へレッツゴー。

《《ARAGAMI》体に力が漲《みなぎ》ってるかい？〉

《《ユキカゼ》レベルアップの感覚は〉

《《Sienna》死体が消えてないわよ〉

上位探索者の彼らのコメントを見て。

僕はようやく後ろを振り返った。

「――――グルルルル……ッ!!」

満身創痍で。

体中から迸《ほとばし》っていた火は消え、涎《よだれ》をダラダラと垂らしている。

今にも死にそうな程に儚《はかな》いのに。

毒に侵され、ろくに思考が働いていないはずなのに。

――そこには威圧感の増した狼くんが佇《たたず》んでいた。

「あ、終わっ――――」

瞬間、まるで体がバラバラになったと錯覚するほどの衝撃と痛みが襲いかかってきて――――

――僕の意識は完全な暗闇に閉ざされた。

9．やったね！　ギリギリのギリギリだよ！

「僕は死にましぇん……！！！」

〈復活後の一言目がコレだよ〉

〈ネタに走るな〉

〈レベル50分の防御力でギリ耐えたなw〉

〈岩にドゥン！ってぶつかってたけどw〉

あっっっぶない……ッ！

咄嗟《とっさ》に頭を守ってなきゃ即死だった。

全く見えなかった攻撃は、受けた感触から察するに衝撃波の類じゃないか、と思う。現に全身の骨が一撃でバッキバキになったからね。

吹き飛ばされて一瞬だけ意識を失った僕が岩にぶつかる寸前に体を丸めて頭を守れたのは、まさしく危険に突き動かされた本能としか言いようがない。

「クソぅ。種族名〈陽狼《ようろう》〉なのに陽が消えた無個性狼くんにやられるなんて……！　屈辱だよ！」

あんなのただの犬畜生でしょ。

玉ねぎ散布して討伐できないかなぁ……。

というか、犬畜生、犬畜生って言ってるけど、僕犬派なんだよね。本物の犬に失礼極まりないんだけど。パチモン狼くんが悪い。

〈無個性狼くんは草〉

〈おもっくそ煽《あお》ってるやんけｗ〉

〈個性消したのお前だよ〉

〈いつも屈辱定期〉

僕がいつも屈辱を味わっているのは事実だけど、エブリデイが屈辱なわけじゃないから。一応楽しいこともあるよ？

主に狼くんに屈辱を味わせることとか。

「……互いに屈辱を押し付け合う仲間……。僕と狼くんは時代が違えば友達になれたのかもね」

僕は神妙な表情で頷《うなず》きながら言った。

〈友達と言うには歪《いびつ》すぎるだろｗｗｗ〉

〈いや、種族差。時代関係ないのよ〉

〈初手から友好を捨てに行ってるくせに何を言ってるｗ〉

〈なに仕方なく争ってる、みたいな雰囲気出してんだ〉

〈安定の世迷《よま》い言《ごと》〉

〈本当に名が体を表してんな。ある意味清々《すがすが》しいわ〉

僕は気に入ってるけどね、名字と名前。

由来は忘れちゃったけど、結構語呂も良《い》いし覚えてもらいやすい。それに、敬愛してる両親から授かった名前だ。文句の一つもないさ。

「さてと。復活したのは良いけど、狼くんどうしようかな」

最早《もはや》嗅覚も潰れたのか、だいぶ吹っ飛ばされた僕に近づく気配はない。捜してるんだと思う。満身創痍《まんしんそうい》超えて死に体にしか見えないよねぇ……それでも僕が即死するレベルで強いんだけど。

「ここまで来たら煽り含めて悪辣な手で殺《や》りたい」

〈ローションでも塗ってあんの？　すくわれるぞ。足元〉

〈草〉

〈草〉

〈ちょっとでも自分が優位に立ったら調子に乗る男〉

〈ちょっとどころか依然として劣勢で草〉

〈復讐《ふくしゅう》は何も産まないぞ〉

〈《ユキカゼ》さっさと倒そう……〉

「復讐は何も産まない、か。別に復讐を肯定するわけじゃないけどさ。どうせ倒す敵かつ殺らなきゃ先に進めないなら、自分の気持ちを晴らしてからの方が良くない？　生産性はないけど、少なくとも僕の憂いは晴れて元気になれる」

いつまでも心にモヤモヤを抱えていたままじゃ、それこそ足をすくわれかねない。

後顧の憂い……？　的なのは、積極的に晴らしていくべきなんじゃないかな、とは思う。個人差&時と場合によるけど。

臨機応変にいこう！　多分それが一番難しい！

〈一利ある〉

〈まあ……殺すって言うより倒す、だからな。復活するし〉

〈誰にも迷惑かけるわけじゃないしな〉

〈狼「人間って傲慢」〉

〈草〉

〈言えてるわw〉

《ARAGAMI》まあ、同意〉

珍しくリスナーが肯定してる……⁉

じゃあ、遠慮なくやっちゃうとしよう。

「ふふふ……。調味料で視覚嗅覚、その他諸々《たもろもろ》を奪うとしようか。狼くんも火を纏《まと》ってない、ってことは火球を撃てないだろうし、攻撃手段が近接と衝撃波ならチャンスはまだある」

衝撃波だって、ポーションを口に含みながら走ったり、見極めて避ければ脅威じゃない。僕を仕留めきれなかったのが悪いんだ。

諦めて僕の糧になってくれ。

――と、いうわけで、元々作っていた胡椒《こしょう》爆弾と辛子爆弾、カレー粉を始めとする粉物系の調味料。

それらを《アイテムボックス》から取り出して、僕は自分から狼くんを捜し始めた。

〈すごい悪い顔してるなｗ〉

〈勝利を目前にした調子に乗りまくる男だ……〉

〈ここに来て何個フラグ立てるつもりだお前はｗ〉

「フラグはフラグって言わなきゃ大丈夫。多分」

そうやってリスナーが不安要素を書き込むから実現しちゃうんだよ。僕は悪くないんだ。多分。

これまでの行動は僕が全部悪いんだけどね。

どうも。やること為《な》すこと裏目人間です。

「――いた」

休憩所の方角に向けて歩く僕の視界に、悠然と歩く狼くんがいた。

灰色に輝いていた体毛はくすみ、ギラギラした瞳には激情が渦巻いている。

あ、はい、僕のせいですね。知らねっ！

僕は岩陰に隠れたりして、衝撃波を警戒しながら先に進む。

狼くんはまだ僕に気がついていない。

僕の投擲《とうてき》能力的に、あと数メートルは必要だ。

もう少し……もう少し……もう少し……。


――今ッ！

「喰《く》らえっ！」

僕はありったけの力を込めて、調味料で作った爆弾類を狼くんの顔に向けて投げつけた。

「よしっ、完璧！」

〈脱出後の職業候補に野球選手が入る日も近い……？〉

〈投球全部デッドボールになるからダメや〉

〈草〉

〈受ける方だよな、もちろんｗ〉

僕はグッと拳を握りながら、完璧な放物線を描いた投げ物に勝利を確信――


――ボッ。

もやされた。くーちゅーで。


「聞いてない……っ!!」

〈狼「だって言ってないし……」〉

〈狼「いつから俺が火球を撃てないと錯覚していた？」〉

〈これだからフラグ一級建築士はさァ……〉

〈倒壊する建物しか作れなさそうｗ〉

「さすがに今のはないでしょおおおお！！！」

「グルァァァァァァ！！！！」

激昂《げきこう》。

叫びと共に放ってきた火球を間一髪で避けた僕は、攻撃の手立てが消えたことで焦っていた。

五感を奪えれば、幾らでも罠《わな》に掛けることができたんだ。誘導して窒息させたり、丘から岩を落としたり。

一撃一撃は効果が薄くても、それは積もり積もれば大きな攻撃になるはずだった。

「なんか強くなってない⁉」

いや、違う‼　容赦がなくなっただけだ‼

多分これでも弱体化してる……ッッ‼

じゃなきゃ僕は百回死んでてもおかしくない。

「ァァァァァッ！」

「──っ！　衝撃波‼」

狼くんが大きなタメを作る。

嫌な予感がした僕は、飛び込むように右の岩陰へ隠れた。

──刹那、響き渡る轟音《ごうおん》。

僕がいた場所の地面は、隕石《いんせき》でも降ってきたように穴が空いていた。

「直線方向の衝撃波じゃないの……⁉」

何でもありかよ狼くんッ！

〈怪獣大決戦〉

〈初期狼くん「弱い奴《やつ》を全力で狩るとかダッセー」今狼くん「やべぇ！殺らなあかん‼」〉

〈草〉

〈よう生きとる〉

《《Ｓｉｅｎｎａ》衝撃波でなく、見えない攻撃の可能性はあるわね〉

《《ＡＲＡＧＡＭＩ》地面の抉《えぐ》れ方的に……重力？　いや、それはそれで説明がつかないか。自由選択の衝撃波、またはそれに付随するモノだと思われる〉

《《ユキカゼ》謎の攻撃の前に、狼は口を開ける。だから、口から何かを発射していることは確実。衝撃波なら叫声……凮による攻撃……？〉

〈お三方の真面目考察来たァァ！〉

〈世界上位と渡り合えるユキカゼが結構すごいｗ〉

〈そう言われてみたら確かに〉

考えれば考えるほどわからなくなっていく。

戦いの最中に理解できる程僕の脳内スペックは高くないよ。考察よりも打開策。……それすらも思いつかないけどさ。

「ダメだ、近づけない」

不用意に姿を現せば火球で。

同じ場所に居続けたら衝撃波が。

狼くんも逃す気なんてサラサラないだろう。

これだけ僕に辛酸を舐《な》めさせられたんだ。ここですごすご逃げ帰って回復に専念するのも、狼くんのプライドが許さないはず。

「もう、方法はない」

これだけはやりたくなかった。

「僕が長考して考えついた素晴らしく最高で誰もが褒《ほ》め称《たた》える作戦。下層最後の作戦を開始する」

僕はキリッと表情を作って言った。

〈嫌な予感〉

〈全然格好良くないぞ〉

〈褒めたことあったっけ〉

〈よし、解散！〉

〈明日も早いし寝るか。こっちは真夜中なんだよ〉

いや、折角なら見ていってよ。

まあ、強制するようなことじゃないし良いや。

僕は早速作戦行動に移る。

「狼くん！　こっちに来い‼」

岩陰から身を乗り出して存在をアピールした僕は、踵《きびす》を返して休憩所とは逆方向に駆け出した。

当然追ってくる狼くん。

僕は《アイテムボックス》からポーションを取り出して口に含み、攻撃に備える。

衝撃波だけは躱《かわ》す必要があるけどね……。

「グルァ！」

火球を躱す。衝撃波の瞬間だけ岩陰に隠れてやり過ごす。

この二パターンを併用することで、僕は狼くんをとある場所へと誘導することができた。一回火球食らったけど。

〈マグマゾーン？〉

〈今更窒息作戦か？ｗ〉

〈心中する気かよｗ〉

そう、僕が来たのは至る所に点在しているマグマ溜《だ》まり。

池以上湖未満のそれなりに規模が大きい場所だ。

狼くんが来るまでもう少し。

「中華鍋召喚!!」

中華鍋をマグマに浮かべて――ダイブ!!

〈何してんの!?ｗ〉

〈遂《つい》に自ら入ったｗ〉

〈バカなの!?〉

〈何するか皆目検討もつかんｗ〉

《《ＡＲＡＧＡＭＩ》ふむ、実に興味深い》
〈享楽主義者は黙ってもろて〉

困惑しているリスナーを最後に、僕は服の内ポケットにスマホをしまう。紛失するのが一番困るからね。

「来いよ狼くん」

狼くんは、僕が中華鍋でマグマにぷかぷか浮き始めた数十秒後にやってきた。

マグマに浮く僕を視界に入れるやいなや、人間臭い表情で嗜虐《しぎゃく》的な笑みを浮かべて近づいてきた。

当然の如《ごと》く、狼くんはマグマを物ともせずに入ってくる。それは火を纏っていなかろうが関係のない、謂《い》わば種族適性というかフィールド適性みたいなもんかな。知らんけど。

――狼くんは火球を撃たない。

いいいいいいいいい。

「そうだね、君ならそうするよね」

自分の手で仕留めることに拘《こだわ》ってた君なら。

袋《ふくろ》の鼠《ねずみ》になった僕を今更遠距離攻撃で殺すなんて真似《まね》はしないよね。

「そのくだらないプライドが」

僕はスマホを取り出し、ショップ画面を開く。そして、《アイテムボックス》からとあるアイテムを取り出す。

「――君を殺すんだ」

口いっぱいに苦味が広がったことを確認して――ショップの水を百個ほど買う。

当然、大量のペットボトルが上から降って、マグマに入る。

「グギャッ!?」

異変に気がついた狼くんが焦燥の表情を浮かべながら叫ぶ、が――もう遅い。

僕は目を瞑《つぶ》る。諦めたわけじゃない。これからの未来を思い浮かべて――

――轟音が響き渡る頃には、もう僕の意識は完全に消滅していた。

〈爆発オチとかサイテー〉

〈んなこと言ってる場合じゃねぇw〉

〈《ARAGAMI》なるほどそうきたか……〉

〈《ユキカゼ》ひぇ〉

〈《Sienna》うへぇ〉

〈マグマ水蒸気爆発ってやつか（うろ覚え知識）〉

10．やったね！　嫌われ方が異常だよ！

「ごふっ……あ、あ、あー、あー。よし、死んでない」

見なくても死に体なのは分かるけど。

火傷《やけど》のダメージがないことから、恐らくこの全身骨折を含めた大怪我《おおけが》は落下ダメージかなぁ。

ガラガラに枯れた声で発声練習をしながら、僕はボンヤリとそんなことを考えた。

〈マジで生きてたしｗ〉

〈もう一日経《た》ったから絶対ご臨終したかと思ってたわ〉

〈おめ《¥10,000》〉

《《ＡＲＡＧＡＭＩ》よかったよかった《¥100,000,000》》

〈さらっと一億ｗ〉

《《Ｓｉｅｎｎａ》あれで生き残るのか……《¥50,000,000》》

《《ユキカゼ》本当に良かった……《¥100,000,000》》

〈ユキカゼ、お前そんなに金あったのか……〉

〈ポンって出せる金額じゃねぇだろｗ〉

〈てか、どうやって生き残ったんだマジで〉

〈気合いと根性〉

〈ありそうで草〉

スマホが行方不明だからどんなコメントが来てるかは分からないけど、祝福だったら良《い》いなって諦め九割で思ってる。

「全身ひん曲がってるけど、ギリギリ右手動くね」

それでも複雑骨折してるから曲げられない。

僕はかろうじて動く右手の人差し指と親指で《アイテムボックス》からポーションを取り出す。

そのまま蓋を二本の指で開けて——ぶん投げる。

〈曲芸で草〉

〈そうか。謎の投擲《とうてき》力《りょく》の高さは曲芸で養われたものだったのか……!!〉

〈どうやったら指先の動きだけで瓶を口の中に放り込めるんだ〉

〈深く考えたらダメだ。あいつはギャグ補正の持ち主だからな……〉

〈草〉

〈何でもありかよw〉

「復活の僕」

キュピんと決めポーズ。

ついでに近くにスマホが転がってたから、僕は傷一つないのを確認して配信画面を開く。

何やっても壊れない、って噂《うわさ》は本当なんだ……。

〈n回目の復活〉

〈全身骨折視聴者トラウマ不可避↑ｎｅｗ！〉

〈手足全部バラバラの方向に曲がってんの最早《もはや》シュールだろ〉

〈全身血だらけやないか〉

〈で、何があったわけ？〉

コメントを見るに、何があったか知りたい人で溢《あふ》れていた。まあ、急突貫でたまたま上手《うま》くいっただけだし、策と呼ぶには浅すぎるからなぁ。

わざわざ自分の無知さ加減を披露したくないんだけど。

今更か。今更じゃん。羞恥とか何それシーチキン？　的な感じだったよね、僕。

「うん、まあ、爆発があったのは理解してくれたと思うんだけど、みんなが聞きたいのはどうやって生き残ったか、だよね。よーく見てたら分かってたかもしれないけど、僕は爆発の前にポーションを飲んだんだ」

〈まあ、じゃなきゃ説明がつかんわな〉

〈でも、あの勢いだったら普通即死じゃね？〉

〈それな〉

〈狼《おおかみ》くんが爆発四散するレベルの爆発で、紙防御のお前がどうやって生き残ったんだよｗ〉

「まあまあ君たち。最初から答えを聞きたがるのは愚者の特徴だよ？　もっと落ち着きを持ってお淑《しと》やかに生きていこうよ。僕たちは刹那の時間を生きてる訳じゃないんだからさ」

見てよ、僕の清々《すがすが》しいまでの表情を。

これ、何も考えてないんだよ？　すごくない？

脳を通さずに脊髄で会話してるからね。

〈黙れよ愚者〉

〈ラン愚ド者がなんか言っとる〉

〈草〉

〈造語作るなｗ〉

〈耐久性と掛けたんか？ｗ〉

〈てか、落ち着きとかお淑やかとか一番かけ離れてるやんけお前ｗｗｗ〉

〈お前だけには言われたくないワードを連発すな〉

「えぇ……。僕、死闘乗り越えて生き残ったんだけど？」

〈全部邪道なのに死闘とかｗ〉

〈お前の中で鍋を投げつけるのは死闘なのか？〉

死闘だよ‼

火球避けたり衝撃波に顔真っ青になりながら頑張ったんだけど⁉　それなのにこの扱い……慣れたし良いか。

もうリスナーのコメントに怒りも苛立《いらだ》ちもしなくなってるんだ。

これは僕の心が成長してるから。

リスナーの心無いコメントにも大人な対応をしてあげられるからなんだよね。

「ま、簡潔に言うと、あのゲロマズ紫が通常のポーションよりも効能が高い……しいて名付けるなら上級ポーションって分かったからなんだ。あれを舐《な》めた時に、疲れと擦り傷がとんでもない速度で消えた。まるで時が戻ったように、僕の体が最適な状態までリセットされた。だから僕は、このポーションを使えば何とかなるんじゃないかな、って思って、あの爆発で賭けに出たんだよ。爆発に関しては、ペットボトルをマグマに入れたら何とかなるんじゃない？　的な」

実際、爆発による傷がないことから、僕の読みは当たっていたことになる。

……爆発の勢いで吹っ飛ばされることを勘定に入れるのは完全に忘れてたけど。そりゃそうだよね。爆発による傷が治っても風圧が消えるわけじゃないよね、ウン……。

まあ、生き残ったんだし良し！

〈本当に良薬口に苦しだったたってわけか〉

〈にしても運が良すぎるだろw〉

〈爆発は……ペットボトルの容器にも耐久性ありそうだったし、密度的な部分もクリアできる……？〉

〈地上とダンジョンじゃ物理法則が違うとか言われてるしいけるんじゃね？　知らんけど〉

〈《ＡＲＡＧＡＭＩ》ふむ。即死の傷を治す……いや、再生するポーションか。伊達《だて》に下層にあるアイテムじゃない。一時的な死者蘇生《そせい》を可能とするとんでもないアイテムだ〉

〈《Ｓｉｅｎｎａ》地上に持ち帰ってたら間違いなく消されてたわね……〉

〈物騒な世界だな、おい〉

〈物騒な世界なんだよ、うん〉

〈《ユキカゼ》生きる本能……〉

あ、やっぱり？

表立って口には出せないけれど、物理法則を書き換えるようなとんでもないアイテムを持ち帰った場合は、他国の暗殺者に消されるか、自国のダンジョン協会に脅されて渡さなきゃいけない、とかいう噂は聞いたことあった。

……まあ、持ってても一介の探索者の手には余るし、下手にトラブルを招きかねないから、僕は確実に協会に売っ払うけどね。

「そんな僕には理解できない大人の難しい話は置いておいて、とりあえず狼くんが落としたアイテムでも見に行こうか」

爆発で消し飛ばされてなきゃいいけど。

ボックスくんの時も近くに落ちてたし、超常現象的なアレで大丈夫だと思う。……あれ、ボックスくんって誰だっけ？

とにかく僕は、例の爆発現場まで戻る。

「……結構吹っ飛ばされたんだね。あのくらいの怪我で済んだのも運が良かったのかな」

〈落下ダメージ食らったにしてはマシな怪我だからな〉

〈全身複雑骨折をあのくらい呼ばわりw〉

〈失うことに関しては右に出る者はいないだろw〉

〈知能と信用と羞恥心とプライドと人間性？〉

〈全否定で草〉

〈ボロクソじゃねぇかｗ〉

〈最も酷《ひど》い罵倒を聞いた〉

「うるさいよ。僕に残ってるものは……希望？」

〈逆に何でそれが残ってんの？　マジで〉

〈だから精神性が普通じゃないんだってｗ〉

〈ポジティブ超えて常軌を逸してるんよ〉

散々な言われようだなぁ。

楽しんで僕の配信見てる時点で君たちもまともな人間性はしてないでしょ。自分のことを棚に上げるんじゃないよ。

なんてことをぶつくさ言いながら爆発現場に戻る。

「うわぁ……地形変わってるじゃん……」

大きな穴が空いたその場所からは、マグマがふつふつと沸き出ていた。上からも地下からもマグマが出てることは驚きだけど、何よりも……。

「あぁ……ッ！　僕の中華鍋がひしゃげてる……!!」

幾度となく僕を救ってくれた中華鍋くんがボッコボコになった上にひん曲がるという惨憺《さんたん》たる状況に陥ってた。

〈消失してない辺り中華鍋の耐久性を疑う〉

〈(何でひしゃげてる程度で済んでるんですか)〉

〈世迷《よまい》だから〉

〈なるほど納得〉

〈説明になってなくて草〉

「中華鍋くん……!!　僕を守ってくれたんだね。……ありがとう。最後まで裏切らないでいてくれて。ぐすっ」

僕は涙を流して中華鍋くんに触り――


「――あっつ!!　クソが!!」

火傷したから蹴り飛ばした。


〈中華鍋くぅぅぅぅん!!!〉

〈またここに世迷の犠牲者が〉

〈情緒が!!　理解とか!!　そんな問題じゃないほど!!　イッちゃってる!　気持ち悪い!!!〉

《Ｓｉｅｎｎａ》なんだこいつ。気色悪いな〉

〈一番裏切ってんのお前じゃねぇかw〉

……さて。

熱耐性持っててもマグマで熱された中華鍋は熱い、ってことが分かったね。

そんなことよりも。

僕はすでに消えている狼くんの死体があったであろう場所を捜す。どんな形で倒せたかは観測できなかったけれど、僕の漲《みなぎ》る力はレベルアップの証《あかし》。

確実に倒せている。

「――あった!!」

僕の視線の先には、人間の頭程のサイズを誇る白色の魔石と金色に輝く飴玉《あめだま》。

そして――

「鎧《よろい》だ!!　絶対すごいやつじゃん!!」

金色の鎧が横たわっていた。

〈見るからにレアじゃん！〉

〈飴玉……（トラウマ不可避）〉

〈魔石でっっっか。こんなサイズ見たことねぇな〉

〈《ARAGAMI》魔石……あのサイズと変色魔石だから、値段は最低でも兆単位だね。あれ一つで向こう五年の電力は賄えるだろうし、変色……つまり、何らかの機械開発に役立てられることから、競りにでも掛けたら指数関数的に値段は上がるだろう〉

〈最近、世界二位真面目じゃね？〉

〈確かに〉

《《Ｓｉｅｎｎａ》秘書にこっ酷《ぴど》く怒られたらしいぞ〉

〈草〉

〈繋《つな》がりあるのかよｗ〉

〈内部リークは草〉

〈鎧!!〉

〈紙防御が直る⁉〉

「うわぁ、絶対トラブルの元じゃん、魔石。そんなにお金欲しくないんだけど。アラガミさん、いる？」

お金あってもそんなに使わないんだよね。大した趣味はないし、浪費できるくらいの豪快さも持ち合わせてない。

しかも、ダンジョンから出たら確実に刺客を差し向けられるのが分かってて、どうして欲しいなんて言えるんだよ。

〈過ぎた金はあっても困るわな〉

〈5000兆円欲しい〉

《《ＡＲＡＧＡＭＩ》大人しく日本のダンジョン協会に売るといい。欲しいなら競売で正式に買うさ。まあ、日本政府の開発団体に渡るだろうけどね〉

「難しいこと分かんないし良いや」

〈少しは理解しようとする努力をだな……〉

〈端から諦めるな〉

「あのねぇ……？　難しいことは分かんないんだよ？　だって難しいことなんだから」

理解しようにも付け焼き刃だし、そういうのは専門家にお任せしたい。生きる上でどうしても必要なら、必要に迫られた時に取得するだろうし、ただでさえ脳内のキャパが少ない僕だ。そんな難しいこと覚えたらパッパラパーになっちゃうじゃん。

〈どこかで見たことあるような構文だな〉

〈それはそうw〉

〈見ろよこの目を。アホだぞ〉

〈知　っ　て　る〉

「一先《ひとま》ず鎧と魔石は放っておいて、この飴玉どうしよっか。見るからにレアっぽいけど……前科がね」

これのせいで捨て身とかいうスキルを手に入れた。

……んー、でも金色だし大丈夫か。

「頂きます」

あ、美味《おい》しい。

「ベッコウアメじゃーん」

〈前科について触れた数秒後に食ったぞ、こいつ〉

〈何も学んでない……何を学んできたんだよ逆に〉

〈曲芸〉
〈草〉
〈草〉
〈言えてるわｗ〉
僕はすぐさまスキルを確認する。

＊＊＊
スキル
《鑑定》《アイテムボックス》《苦痛耐性》《熱耐性》
《捨て身》《落下耐性》《罵倒耐性》《スタミナ消費軽減》《起死回生》《一魂集中》
《起死回生》……回復効果が上がる。瀕死《ひんし》状態での攻撃力が上昇する。
《一魂集中》……四肢を媒介に攻撃力の四倍のダメージを与える。防御無視。媒介にした四肢は一定時間の間、回復することができない。
＊＊＊

「最近、世界にすら罵倒されてる気がする」
〈草〉

〈否めない〉

〈何ともまあピーキーなスキルで……〉

〈普通に役立つスキルがある一方で、一魂集中の厄介さｗ〉

〈さらっと混じる罵倒耐性〉

〈俺らのせいやんけｗ〉

「それに攻撃力とか言われても数字表記ないからピンとこないなぁ」

確か自分のステータスの数値を見ることができるスキルがあったような気がするけど、持ってないから何も関係ないね！

というかさ……やっぱり食べなきゃ良かった。

「でも、僕には鎧があるからね。防御なんてこれで賄えるでしょ!!」

ふふん、とニヤケながら僕はそんなことを口にする。

〈《ユキカゼ》あの……捨て身スキルで鎧付けられない……〉

「あ」

〈忘れてたなこいつｗ〉

〈草ァ〉

〈防御だけは上げさせないという謎の意思を感じるｗ〉

〈伏線回収で草〉

「うん、捨てよう」

僕はやけに軽い鎧を――ひょーいとマグマに放り投げた。じゃあね。

「どうせあの大きさじゃ《アイテムボックス》には入り切らないし、持ち歩くわけにもいかないしね」

〈それはそうにしてもよく躊躇《ちゅうちょ》なくレアアイテムであろう鎧を捨てられるな……w〉

〈世迷にとっては役に立つか否かなんだろうなw〉

僕は魔石を《アイテムボックス》に収納すると、近くの岩に座る。

「さぁて、帰ろっか」

〈現実見ろ〉

〈あと499階層で帰れるね!!〉

〈なに終わった、みたいな雰囲気出してんの？w〉

〈まだまだあるゾ～？〉

少しくらい非現実に浸りたかったよ。

ちくせう。

「お風呂入りたいなぁ……」

＊＊＊

――スコルにとって、人間とは知識として知っている存在であり、また自らの下に遠い未来辿《たど》り着《つ》くことが分かっているモノだった。

スコルは《ネームドユニークボス個体》である。

ボス個体とは階層の主を指し示し、ユニークとは自意識を持つ者。

そして、ネームドとは使命を与えられた者を指す。

つまりは、彼も自身のことを特別と謳《うた》って、いずれ来る人間との戦いに向けて享楽を深めていたのだ。

——あぁ、どんな強き者なのか。

我を満足させられる存在なのか。

彼は自意識を持ち合わせてはいるが、何もかも最初から脳内にインストールされている知識でしか知らない。

ゆえに、コミュニケーションは壊滅的であり、感情は未発達である。

しかし、種としての本能か、獲物をジワジワと甚振《いたぶ》り絶望の表情を見たいという愉悦には深い造詣があった。

——だからこそ、初めてやってきた人間が取るに足らない雑魚だと理解した時点で、スコルは強者との戦いを楽しむことを諦め、獲物を甚振ることに愉《たの》しみを注いだ。

不思議な人間だった。

どんなに追い詰めても、どんなに身体的ダメージを与えようとも、人間の表情には一切の絶望を感じることはできなかった。

――こいつは何だ？

それに、謎の飲み物を飲むことで、消し飛ばしたはずの四肢が復活してくることも疑念を抱く一因となる。

スコルにとって獲物を取り逃がすことは屈辱であった。

幾ら本気を出していないとて……否、本気を出していないからこそ、まんまと逃げおおせられたことに苛立ちが募っていった。

人間の言葉は分からないが、安全圏からスコルを挑発するようなニュアンスで叫んでいたことも、スコルの怒りが増す原因になった。

――雑魚のくせに。

――我を愚弄するな。

怒りに支配されていたことは間違いない。

多くの場合、感情が希薄であっても、負の感情は些細《ささい》なことが原因で燃え上がることがある。

未発達な感情は、人間と出会うことで進化する。

尤《もっと》も想定する進化ではなかったが。

スコルは自身のことを特別で、最強と信じ、自分が負けることなんて考えもしないし、理解すらしようとしなかった。

鋭い爪と牙に、高温の火球。

そして、自らの持つ隠し玉。

全てが高水準で、本気を出せば敵《かな》うものなどいない。

――本気を出すことができれば。

――二度目の邂逅《かいこう》は、両者ともに不本意であった。

スコルは気分転換に散歩に。

人間は地図を埋めるために散策に。

両者……というよりかは、人間の圧倒的知能の低さから叶《かな》った邂逅は、スコルにとっても不本意なものであった。

どうせなら、自身の力で捻じ伏せたかった。正面突破で喰《く》らいつきたかった。

だが、出会ったならば殺すしかない。

せめてもの餞《はなむけ》にその身を喰らって我が血肉としよう、とスコルは隠し玉を使い、両腕を切り飛ばした。

人間が飲み物を飲むために、片手は最低限必要だろう、という思考が働いてのことである。

しかし、人間は持っている知識のカテゴリーに当《あ》て嵌《は》まらなかった。

飲み方といい、動き方といい……若干スコルは引いた。


――あいつ気持ち悪い。


次に目覚めた感情は不快感だった。

自分の思い通りにならない不快。

理解し難《がた》いモノを見た不快。

そもそも存在が受け付けない。

その上、人間はスコルを出し抜いて再び安全圏へと戻ったのだ。謎の粉を振《ふ》り撒《ま》いて無様を晒《さら》させた後に。

――カッと怒りが湧いて、目の前全てが赤色に染まった。激情で何も考えることができなくなった。

次に出てきた時は、全ての力を以《もっ》て全力で殺してやろうと。泣いて謝っても命乞いをしても無駄だ、と。

奴《やつ》は恐怖したのか、自ら腕を差し出してきた。

――ようやく力の差を理解したか。

スコルは赤色に染まる視界の中でそんなことを思った。

人間の瞳には、一見敵意も怒りも感じられなかった。

慈愛？　のようなものか。

それをスコルが理解することはできなかったが、とりあえず何も考えずに怒りのままに右手を喰らう。


――あ、人間不味《まず》い！


長年望んだ人間が思ったより口に合わなかったこと。

スコルの悲劇はそれだけではなかった。

続いて感じたのは、口の中から脳内、更には体の奥深くにまで走る痛みと衝撃。

まるで内側から肉体を溶かされているような。

何か大切なモノを徐々に失っていくかのような。


そこからはよく覚えていない。

マグマに落とされたり、力を吸い取る謎の容器で滅多打ちにされたり、散々な目に遭ったことは薄ぼんやりと覚えている。
笑みで染まる人間の表情も。
そして追い詰めたと思った瞬間に自らの体が四散したことも。
――こんなアホ面した弱そうな人間に殺《や》られるなど屈辱極まりない。
――我はまだ何も為《な》せていない。本気だって出していない。非道だ外道だ。悪辣だ。
――いや、こんな人間いるなんて聞いてないねん。
口調を崩してスコルは爆散した。合掌。
スコルの敗因は、世迷言葉《ことは》を人間としてカテゴライズしたことである。

＊＊＊

Ａｌｌｅｎ Ｌａｓｔｅｒ（ＡＲＡＧＡＭＩ）
「くふっ、くはっ、ふっくっく……ッッ‼」
「副長。のたうち回るのはやめてください。誰が掃除すると思ってるんですか」
「無論君だが？」

「殺しますよ」

いつもの秘書のお小言が気にならない程度に、私は笑いを堪えることができなかった。

これがどう落ち着けと言うんだ。無理だ、不可能だ。

笑わないのは彼にも私にも失礼だろう。

徹頭徹尾、ギャグ的世界線に巻き込まれて討伐された狼は憐《あわ》れと思うが、結局跳ね返せなかったのが悪い。ダンジョンは弱肉強食であり、下剋上《げこくじょう》が頻繁に起こる世界だ。

しかしだ！

まさか、レベル100にも満たない少年が五百階層のボスを倒すだと？　あり得ないとバカバカしく一笑に付す話題だろう。私とて到底信じられない。

だが彼はやり遂げた。

私がこの目でしかと見た！　あり得ない世迷い言《よまいごと》は、彼の行動によって真実へと相成った‼

「ははは
ッ！　面白い。面白いぞ世迷言葉。君は一体何を考え、どういう思考回路と判断で行動を起こしている。一切理解できない！　それゆえに面白い。私の人生の中で一番面白い！」

ふと私は銀燭《ぎんしょく》に反射する自分の顔を視《み》た。

耳にかかる野暮ったい金髪に、赤と青に輝く瞳。

かつては女装映えすると言われた整った顔も、今や興奮に彩られ弧を描く口元と、ギラギラ輝く瞳に侵食されている。

私はかつてない感動と興奮を覚えていた。

無論、私に男色の気はない。秘書がたまに見せてくるＢＬ漫画の受け主人公に彼が似ていることもどうでもいい。

「はぁ、はぁ……世迷言葉」

「息を荒くして男の名前を呟《つぶや》くのは意味深じゃありませんか？」

「黙れよＢＬ脳」

「いつになく冷静さを失っているようで」

「当たり前だ‼　いつ死ぬかも分からない虚弱で無知な少年が、誰も辿り着けなかった東京ダンジョンの深層に辿り着き。更にはそのボスまで倒した‼　天運に恵まれたとしても、討伐手段は彼の突飛な思考によるものだ！　あり得ない！　あり得ないからこそ……面白いッ！」

私はソファに立ち高笑いをした。

その瞬間に射殺すような秘書の視線を受けたが、私にとっては些事《さじ》だ。日本式に倣って部屋の中は土足厳禁なのだ。それくらいは良いだろう。

「はぁ」

秘書は興味無さげに嘆息する。

やれやれ、何に対しても興味が薄いのも考えものだ。

「それに……動画解析、参考文献の件で、風間《かざま》雪音《ゆきね》とコンタクトを取ることができた。謎に包まれてきた彼女が私に正体を晒したのだ。更には世界中の上位探索者も彼の配信を見ている。ある意味世界が纏《まと》まっているとも言える」

「まあ、Sランクは人外の枠。一国級の戦力と言われていますからね」

「そうだ。そして上位探索者であればある程、レベルには頓着しなくなる。私とてアメリカダンジョンの深層に潜ろうと思えば潜れるし、世迷言葉がどれだけレベルを上げようと二秒で仕留める自負がある。スキルが全てを支配しているのだ」

一般人には秘匿している上位探索者の本当のレベル。

ダンジョンは攻略してしまえば、消えてしまう。

最下層のモンスターを倒し、更にその奥地に眠っているダンジョンコアを壊すことで、莫大《ばくだい》な経験値と恩恵に与《あずか》ることができるのだ。

それは、攻略者唯一人の恩恵のみであり、ダンジョン資源を第一としている国が許すはずもない。

現に、ダンジョン攻略済みのインドは、経済が破綻してしまい国としての機能が働かなくなった。

ダンジョンは攻略してはいけない。

Sランクに辿り着いた者にだけ知らされる真実なのだ。

……もしも、彼が攻略したのが最下層だったら。

……いや、どのみちダンジョンコアの存在も知らない彼には関係のないことだろう。

余計なことなど考えずに、彼には彼の覇道を進んでもらいたい。

私の享楽のために。

「……副長は自身を倒せる者を欲しているのでは？」

秘書の言葉に、私は見当違いだと笑った。

「そんな破滅願望は持ち合わせていないさ。それに、彼は私より強くなるだろう。そう願っているし、そんな予感がある」

レベルアップで受ける恩恵は、動体視力の向上。

それに付随する最適な体の動かし方。

いいいいいいいいいいいいいいいいいいいいいいいいいいいいいいいいいい
レベルアップは人間が努力する過程を省略し、限界を超えた結果のみを押し付けるものだと考えている。

いずれはスキルをレベルが追い越す日もあるのかもしれない。

私は呆《あき》れた表情の秘書を見ながら続ける。

「私は未知が見たい。既知はつまらない。理解できないものを理解する時ほど楽しい時はない。君にも分かるだろう？　世界第三位ユミナ・ラステル」

「……副長、そのセリフが言いたいだけでしょう。日本の漫画やアニメに影響を受けすぎです」

バレた、か。

秘書がそれなりに強いのは本当だ。ただ、君にも分かるだろう、から繋げたかった。格好いいからね。

「さて、世迷言葉は何をして――くくくっ、あははっ！！！　こふっ、ぐふっ、かはは!!」

また腕飛ばしてるあのアホ。

＊＊＊

Ｓｉｅｎｎａ　Ｃａｔｔｒａｌｌ（Ｓｉｅｎｎａ）

「気色悪い。関わりたくない。でも面白い」

私は、一人暗い部屋で四肢を飛ばしながら笑うクソアホを画面越しに見つめていた。

根本的に人類とは思えない思考回路をしているアホ、世迷言葉。

「どうなってるのかしらね……。私も散々常人じゃないとか言われたけれど……コレと一緒にされるのは屈辱以外の何ものでもないわ」

首姫の異名を持つ私。

モンスターの首しか狙わぬことから付けられたその異名は、大いに周りを誤解させることとなった。

「別に首が好きなわけじゃないのに」

私は憂鬱な表情で、スマホに映る私のとあるスキルを見つめる。

＊＊＊

スキル

《首狩り》……特定部位《首》への攻撃倍率が上昇する。付随効果として、一撃死の属性付与がある。

＊＊＊

少し見た後にスキルの画面を閉じ、今度はネットニュースを漁《あさ》る。

世迷言葉の話題は、階層ボスを倒したことに移り変わっていて、各国の多くの記者が世迷言葉を称賛している記事ばかりだった。

そして、そのネットニュースの終わり付近に、

〈我が国が保有するSランク探索者、シエンナ・カトラル。探索スタイルは、話題の彼と近しいものがある。一体、彼はこれからどう世間を騒がせ続けるのか。一記者としても楽しみである〉

「ハァッ⁉　世迷と私が……近しい⁉　ふざけんなこのガセ記者！　どこが似てるのよ！　あんなヘラヘラしたバカと似てるとか……この世に対する冒瀆《ぼうとく》でしょうが‼」

確かに私は首を刈って一撃ノックダウンさせているし、いつも余裕を持った笑みを心がけている。

傍《はた》から見れば、モンスターの首を吹っ飛ばして笑っている奴に見えることもあるかもしれない。

だからと言って……！

「世迷言葉ァ……」

認めたくないけれど、世迷言葉の配信は面白い。自分が関わらなければ、それはエンターテイン

メントとして鑑賞できるレベル。

弱い者が、圧倒的な実力を誇る敵を打ち倒す。

なんて素晴らしい物語だろうか。その過程にある努力は、涙ぐましいものだ。


――――世迷言葉でなければ。


「邪道も良いところよ、あのアホ。思考回路が絡まりすぎて理解しようとしても脳が理解を拒む！　確かにアホでバカなのに、変なところは鋭いし察しが良い。ピンチの時の動きも、本能であれど最適解！　……チグハグで気持ち悪いのよ！　しね！」

思わず罵倒の言葉が零《こぼ》れ落《お》ちる。

……興奮すると口調がおかしくなるの、どうにかして治せないかしら。失礼な女と思われたくないのだけれど。

「くっ……なのに見てしまう……！」

＊＊＊

風間雪音（ユキカゼ）

「……ぬかった」

現在七十七階層、粘着トラップで宙釣り中。

「こんな初歩的なミスをするなんて」

《罠《わな》感知》のスキルは、視認しないと発動しない。まさか空中から蜘蛛《くも》の糸のようなものが降ってくるとは思わなかった。

「いや……こんなはずじゃなかった。その言い訳の末に、私はここにいる。同じミスを繰り返すのは恥」

む、だが解けない。

この糸を斬った瞬間にモンスターが呼び寄せられる可能性がある。不用意に動けばピンチを招くこともある。

「むぅ。……つかれた。寝るか」

ここまで空中にいれば、モンスターも近づけない。この手のトラップは解除してからが本番だから、今のままでも……問題無いと思う。多分。

それに《危機感知》があれば……多分。


――スヤァ……。

＊＊＊

ダンジョン協会内部。

「「「…………」」」

会議室の円卓テーブルに肘を預ける十人の老若男女たち。

彼らは一様に無言を携えていた。

〈あぁ……ッ！　僕の中華鍋がひしゃげてる……!!〉

〈中華鍋くん……!!　僕を守ってくれたんだね。……ありがとう。最後まで裏切らないでいてくれて。ぐすっ〉

〈――あっつ!!　クソが!!〉

円卓テーブルの真ん中には、ホログラムで映る世迷言葉の配信……の切り抜き。頭のネジが外れた配信だ。

「……こいつ、ヤバくないか？」

比較的新参の二十代後半の男性の発言は、今この場にいる全員の心の内を代弁することになった。

「何とか変色魔石とその他のアイテムを売って欲しいが……。もしも彼が生き残って脱出した場合、強引な手段は取れない。魔窟と呼ばれる東京ダンジョンを単騎で脱出なんかされてみろ。誰も手出しできないイカれた最強が誕生する。絶望でしかない」

男性の言葉に誰もが唸《うな》った。

ダンジョン協会は治安維持組織である一方、金に目がくらんだ利権者に組する裏の者の集まりだ。

「変色魔石を買い取れるだけの金の余裕があるか？」

「政府に取り次げば何とかなるだろう。開発費予算という名ばかりの歳入を回せば問題なかろう」

「いっそのこと殺して奪えれば良いのだがな……」

再び彼らは黙った。

これまでずっと後ろめたいことをやってきたゆえに、組織を総動員しても勝てないような存在――風間雪音とそれに比肩するポテンシャルを秘めた世迷言葉の両名には、とことん弱かった。

あくまで搾取するための組織であり、そこに金以外の戦略的な選択肢はない。

「奴は争い事を嫌っていたぞ」

「だが自らトラブルに突っ込むだろう」

「もうやだあの危険分子」

彼の脱出への道が拓《ひら》けるほど、彼らが飲む胃薬の量は増えていく。

理知的な人間であれば、会話という手段が通じる。

しかし、思考回路と行動基準が読めず理解できない純粋な――アホには会話という手段が取れない。

いや、会話ができようが、それに素直に従うような男ではないと理解していた。

リスクとリターンが見合っていない。

もっと給料寄越せと、協会の最高幹部十人は思う。

「何で俺たちがこんなことに悩まないといけないんだ……」

「それな」

「思考回路が気色悪いよ、マジで。なんなんあいつ」

正直幹部たちの自業自得ではあるが、世迷言葉のあまりの変人具合に頭を悩ませていることは間違いない。


――頼むから死んでくれと。


胃に穴が開く前に。もっと資源を集めて政府から睨《にら》まれる前に消えてくれと。

彼らは願う。

注目を集めてしまった時点で、後ろめたい裏の手段を講じることは可能ではあるが、リスクが高い。

出てくるなら。

出てきてしまうのなら。

もっと頭が良くなってから帰ってこい、と。

彼らは胃のあたりを押さえながら願わずにはいられなかった。

11．やったね！　珍道中だよ！

「これが噂《うわさ》に聞いた転移ポータルかぁ」

狼《おおかみ》くんが落としたアイテムを回収、検分を終えた僕は休憩所に戻る。

するとか、休憩所の入口近くに、青色に輝く魔法陣と緑色に輝く魔法陣がいつの間にか設置されていた。

あらゆること全てに疎い僕でも知ってるそれは、転移ポータルという一階層分の移動魔法陣だ。確か、緑色が一階層上に戻るやつで、青色が下層に進むものだった気がする。知らんけど。

「一階層じゃ見れなかったからね」

〈それがレアケースなんよ〉

〈いや、自業自得で草〉

〈流石《さすが》のお前も転移ポータルは知ってたか〉

ユキカゼさんの配信で知ってたんだよね。

転移ポータルは、一階層ずつしか進めないから、攻略したところまで転移！　とかはできないようになってるらしいんだ。害悪仕様じゃない？

「とりあえず、その前にレベルの確認しておこうかな。色々あって忘れてた」

〈そういえばしてなかったか〉

〈どんだけレベル上がったんやろｗ〉

レベルアップの恩恵については敵がいないから確認のしようがないけれど、自分でも身体能力が少し向上したのが分かるくらいには成長を実感していた。

僕は期待しているらしいリスナーのコメントに目を移しつつ、スマホでレベルの確認をした。

＊＊
レベル５９６
＊＊

「インフレしてる……」

50から５００以上レベルアップを果たしている。

これは僕も最強とか名乗っちゃっても良いんじゃない？　多分僕以上のレベルはいないでしょ。

……でも紙装甲なんだよね。ぺらっぺらの。

〈こうして見るとすごいな〉

〈良かったな！全部攻撃力に注《つ》ぎ込《こ》まれたぞ！〉

〈草〉

〈そういや害悪厨スキル持ってたなこいつｗ〉

「全然良くないけど!?　僕の防御力はレベル五十のままで止まってるじゃん？　だから、レベル五十を貫通する攻撃は全部即死なんだよね。で、当然しばらくは貫通してくることは間違いないし、僕にとっては全方位即死攻撃だらけなんだよ。世紀末か、ここは」

〈自ら世紀末に足を踏み入れた奴《やつ》がなんか言ってる〉

〈だから道端に落ちてるものを食べちゃいけないってあれほど言ったのに……〉

〈知能に関しては幼稚園児以下の信頼しかされてないんだよなぁｗ〉

〈血の池地獄の縁で笑いながらタップダンスしてるやつが今更何をｗ〉

まあ、リスナーからの信用についてはどうでも良《い》いけどさ。

血の池地獄の縁でタップダンスか……言い得て妙かな。何度も血が噴出してるわけだし。

狼くん、足踏んじゃってごめんね。

君も地獄に堕《お》ちるんだよ……ッ!!

「それじゃあ先に進もうかな」

正確に言えば後退だけど、と誰に言うわけでもなく僕は緑色のポータルに足を踏み入れた。

瞬間、視界がグニャリと歪《ゆが》む。

〈流石に色間違いはしなかったか……チッ〉

〈残念がってて草〉

〈不幸を願うなｗ〉

〈まあ、下に進むのも上に進むのも大して変わらんけどな〉

いや、本当にね。

視界が歪む中で何とか読み取れたコメントに、僕は頷《うなず》いて同意する。

敵が弱くなったところで、僕の紙装甲じゃ雀《すずめ》の涙《なみだ》だと思うんだ。結局、デッドなチキンレースを繰り広げることは決定事項だし。

なんてことを思っていると、歪んでいた視界が正常に戻っていた。

そして気づけば僕は――――吹雪の中にいた。

見渡す限り……というか吹雪で視界が遮られていて、先は何も見えない。

「……マグマの次は吹雪かぁ。寒暖差すごい」

呑気《のんき》に言っているけどめっちゃ寒い。

吹き荒れる雪が軽装の内側に侵入して体温で溶ける。濡《ぬ》れた服のせいで余計に寒くなる。この繰り返しがこの一瞬で起こってるんだ。ヤバい。

〈呑気で草〉

〈よく見たら震えてるし〉

〈ここまで来て凍死するのは情けないな〉

〈ちょっとガン萎えしますわ〉

〈どんな状況でもリスナーはクズばっかw〉

「まあ、一理ある。配信者としてちょっと無いよね。僕もリスナーだったら、どうせなら華々しく散れよとか思うかも。でも僕、実際に体験してる側なの。ねえ、寒いんだけど」

〈こいつ、寒さでただでさえ消えてる思考回路がバグってる〉

〈発言が理路整然してない……なんだいつも通りか〉

〈草〉

オッケー大丈夫、落ち着いた。

確かに寒い。

寒いけど僕なら問題無い。なぜって？

「雪国出身の僕なら大丈夫。何せ中学の頃とか半袖で冬道登校する人とかもいたし」

〈お前のことか？〉

〈イタイ時期だったんですね、分かります〉

〈雪国出身だから何だよｗ〉

〈比べる対象の次元が違うんよ〉

〈多少寒さに強い如《ごと》きじゃ環境が悪すぎるんだよなぁ……〉

「まあ、寒さの次元が違うのは分かる。下限がマイナス十℃だっけ？　絶対それよりも寒いよ、間違いなく」

ダンジョンの限界設定温度？　的な話はマグマ階層でしていたけど、僕の体感温度的にそれより寒い。

「真面目に考えようよ君たち。悠長に喋《しゃべ》ってるけど早速ピンチなんだよ？　もう少し状況考えて発言しよ」

〈何言ってんだお前〉

〈これ程までに華麗に切り裂いていくブーメラン発言があるだろうかw〉

〈悠長に喋ってるけど↑自虐で草〉

〈おめーの発言の寒暖差も酷《ひど》いな〉

寒すぎて頭が回ってないの！

本当にどうしよう。ここに来て寒さが牙を剝《む》くとか予想できるわけがないじゃん。

……うーん、とりあえずショップの〈着替え一式〉を購入して重ね着でもすれば大丈夫かな？

「ショップで〈着替え一式〉を購入、と」

ポチッとボタンを押すと、空中に現れたのは——スキーウェア、ツナギ、手袋、帽子、冬靴、のセットだった。

「着替え一式とはこれ如何《いか》に……」

〈ご都合主義で草〉

〈何だよつまんね〉

〈こういう時に世界って空気読まないよな〉

「他人の幸運を蔑むって、まさしくクズの所業だと思うんだけど！」

〈お、少しだけ発言に知性を感じる〉

〈ツッコミだけ的確な語彙なんだよな、こいつ〉

〈普段、知性が死んでる件〉

「君たちも何だかんだキレッキレの罵倒センスだよね。勿論《もちろん》褒めてないよ？？」

他人の不幸を笑って、幸運を嫌う。

何だろう……このリスナーたちのクズの見本市感。何度も言うけど今更だけどね。

僕はせかせか着替えながらジト目でコメントを見つめる。

「いい加減話が脱線するから戻すけど、雪国出身の僕だから当然、雪の上の歩き方とかは熟知してるわけ。何てことない。マグマの上を歩くよりずっと安全だよ」

雪が降り注いでるなら下に氷は張ってないだろうし、歩き慣れてる人間なら何も考えずに行動できる。

親の転勤で二年前に東京に来たけど、それ以前は普通に雪国のスノーボーイ（造語）だった。

僕にかかれば雪なんて歯牙にもかけないよ。

……歯牙？　……滋賀？

〈※歩くフラグ製造機の電源が入りました〉

〈すぐに切ってもろて〉

〈どうしてすぐに調子に乗るかなぁ……〉

〈学ばず学べず痛い目に遭うアホ〉

〈根本的な自分の性格のせいなの草〉

〈どうしようもならねぇw〉

〈なんで急に馬鹿になるの？　こいつ〉

〈元が馬鹿で、ただ必死に取り繕ってるだけ〉

まったく……リスナーは僕のこと舐《な》め過ぎだよ。あと馬鹿は余計だ。

「確かに僕は今の今までフラグを建築して見事なまでに回収してきた。回収率はなんと十割。これには僕もびっくりさ。……でもね、今回は生まれに起因してることなんだ。君たちは歩くことに一々思考を働かせている？　右足出して、左足出して、みたいな。僕にとっては雪の上を歩くことはそれに等しいことなんだよ」

僕は懇切丁寧に、今回の自信についての裏付けを語る。

……ちょっと頭のいいこと言ってる気がする。自分でも何言ってるのか正直よく分からないけれど、雪国産まれだからナンクルナイサー、って感じ？　多分。

〈何だろう。このフラグにフラグを重ねている感じ〉

《Ｓｉｅｎｎａ》なんか言い方ムカつくわね〉

〈草〉

〈フラグ回収率の高さは自慢するなよｗ〉

〈誇れないことを自虐風味で声高々に言えるとこだけはすごい。だけは〉

「とりあえず休憩所を探しに進もっか」

諸々《もろもろ》の罵倒を華麗にスルーしてニコッと笑う。

吹雪で前方は何も見えないし、どこに何があるのか分からない以上当てずっぽうにはなる。休憩所とまではいかずとも、寒さを凌《しの》げる場所には辿《たど》り着《つ》きたいところかな。

「それじゃあ行――ぐぼっ」

転んだ。

思ったよりね、うん。地面の下がツルツルしてた。誰だ地面の下に氷張ってないから大丈夫ってボヤいた奴は。安定の僕だよ。知ってる。

「やったね！　フラグ回収率が十割のままだよ！」

〈顔面から行ったァァァ!!〉

〈安定の即堕ち二コマ〉

〈いずれ即死トラップ前でフラグ立てそう〉

〈こいつ死亡フラグだけは違う形で回避するんだよな…w〉

〈生き汚い（迫真）〉

〈草〉

〈生命力だけは強い〉

〈そのくせ割とすばしっこい〉

「僕のことゴキブリだと思ってる？？」

さすがにアレと一緒にされるのは心にくるんだけど。いや、ゴキくんが悪いとは言わないけどさ。

というか僕がすばっしっこかったら、こんなに腕消失するわけないじゃん。舐めてるの？

生命力もポーションでドーピングしてるからなんとも言えないんだよねぇ。

「まあ、人間誰しも転ぶし。むしろ、転落人生の僕が転ぶのは決定事項みたいなものだよね」

〈転落（物理）〉

〈フラグ立ててから回収してるだけなんだよなぁ〉

〈自虐製造機〉

「とりあえず転んで寒さも増したし休憩所を探すよ」

着替え一式で寒さを凌げたとしても、休憩所を探せなければいずれ凍死することは確実。

リスナーの悪ふざけに付き合うのもここまでにしないとね！

とか何とか心の中で叫んで歩き出すけど、ここまでヒントのない状況で休憩所を探し出すことは不可能に近い……気がする。

「休憩所かぁ……どこにあるんだろ。まあ、頑張ってノリと気合いで見つけるしかないよね」

〈何を今更〉

〈ノリでしか生きれない化け物がなんか言ってる〉

〈すでに人間扱いされてなくて草〉

〈草〉

うるさいな。

気合い入れるために頑張ってるのに出鼻挫《くじ》かないでもらってもいい？

「やれやれ」

リスナーのいつもの罵倒に心を痛めるフリをしながら、気を取り直して一歩目を踏み出そうとした瞬間だった。

——本能が警鐘を鳴らしていた。

「————ッ」

鮮烈な死のイメージが蘇《よみがえ》り、首筋にチリチリとした気持ち悪い感触を覚える。

レベル上昇分の動体視力の向上。

それに伴って、僕はギリギリ半歩右に避けることができた……けれど。

「うぐっ、左手消し飛んだァ！」

でも、避けなきゃ首が吹っ飛んでた。

見て避けたわけじゃない。見てからじゃ遅いんだ、って体が警鐘を鳴らした。だからギリギリ、本当に紙一重と言えるレベルで躱《かわ》すことができた。

〈何が起きた⁉〉

《ＡＲＡＧＡＭＩ》どうやらこの階層のモンスターがお出ましのようだね。さあ、どう切り抜ける？〉

〈享楽主義者がログインしてきた……〉

〈ログアウトしてもろて〉

〈何も見えなかった〉

僕は慣れた手付きでポーション回復。

敵さんは回復の時間を与えてくれた上、その姿を晒《さら》してくれた。

吹雪の中、見えるその姿は――可愛《かわい》らしい兎《うさぎ》の姿をしていた。

「《鑑定》」

＊＊＊

種族　デビルスノーラビット

Ｌｖ．１０２９

＊＊＊

「スノーラビット……」

何の変哲もない可愛い兎にしか見えないそのモンスターが、名の通り悪魔の如き力を秘めているのは明白だ。

圧倒的なアジリティから繰り広げられる鋭い牙による噛《か》み付《つ》き攻撃……。

これはリスナーの誰かさんが言っていた〈スノーラビット〉の情報だけど、今目の前にいる存在は旧来のスノーラビットの上位互換だと思われる。だって、デビルとか付いてるし。

それはともかく、何かコメントに打開策はないかと見る。

だけど、なぜか阿鼻叫喚《あびきょうかん》の地獄絵図だった。

〈うわァァァァァァ!!〉

〈トラウマの元凶ォォォォ!!〉

〈殺《や》れ！殺れ！殺れ！〉

〈スノラビ許さん。マジ許さん〉

〈あァァァ！！！〉

〈嫌ァァァ！！！〉

〈《Ｓｉｅｎｎａ》首に頓着する悪辣種族だの言われてたけれど、ある種私の同類ね〉

〈スノーラビットォォ‼〉

「え、なんかトラウマ刺激してごめん……」

僕みたいなテンションをしていたリスナーに、そういえば一階層の攻略中にスノーラビットについて同じような反応をしていたなぁ、と思い出す。

それくらいにトラウマが刻まれてるみたいだね。まあ、好んでトラウマ不可避な首チョンパシーンを見たい人なんて少数だろうし。

スノラビくんは様子見してくれてるけど、どうしよ。

……ペットにしたいな。ダメ？　ダメだよねぇ……。

「ふむ」

可愛いな。

スノラビくんは僕を愛くるしい瞳で見たまま動かない。これまで問答無用で襲いかかってくる狼くんとか、触ったら腕消してくるマジシャンしかいなかったから、どうにも新鮮な気持ちになるね。

「ペットにしたいなぁ」

〈正気か？？？？？〉

〈見た目に騙《だま》されるなよｗ〉

〈見た目だけは本当にただの兎だからな、この種族〉

〈ここに来て嫌いなモンスターランキング第一位が……〉

「嫌いなモンスターランキング？　そんなのあったんだ。でも、僕がコメント見てても襲わないし、無害なんじゃない？　最初の一撃はミスった的なさ」

ね？　とスノラビくんを見ると、彼もしくは彼女はこてん、と可愛らしく首を傾《かし》げた。

……癒やされるぅ……。最近は殺伐としてたからなぁ。

どうミスったら攻撃を仕掛けるのかは僕も分からないけど、ほら、ここはご都合的なアレだよ。

〈んなわけｗ〉

〈スノラビの特性知らないから……〉

〈殺されかけたのにミスった、はないだろｗｗｗ〉

〈《タケシ》どうも。通りすがりのスノラビ研究家のしがないAランク探索者です。いつも楽しくご視聴しています。今回、主さんがあまりスノーラビットについて詳しくないようですので、研究家の私から説明させて頂ければな、とご提案した次第でございます〉

〈スノラビ殺しがおる……〉

知らない固定マークの人がコメントをしていた。

僕が注視すると、どうやら完全善意で教えてくれようとしている人らしい。単一種族の研究って……これまた酔狂だなぁ。

まあ、そんなことよりも僕は驚いたことがある。

「珍しく良識ありそうで丁寧な物腰……!!」

コメントするリスナーがクズしかいないから、敬語で挨拶するタケシさんは僕から見て良識がありそうな人だった。

他のリスナーとのギャップ効果があるだけかもしれないけど。

……そして僕はすぐに気づく。

悲しい現実に。

「あ、でも僕の配信を楽しく見てる時点でろくな人じゃなかったね……。敬語で外面《そとづら》取り繕ってる辺りたちが悪い。どうも、同類くん。君を歓迎するよ」

腕を広げてまるですべてを受け入れるかのような慈愛の笑みを浮かべる。

〈草〉

〈いつもの手のひらクルー〉

〈意見翻すの速すぎるｗ〉

〈瞳輝いて一瞬でくすんでた〉

〈言い草が酷い〉

〈扱い酷いとかブーメランだろ〉

〈説得力あるなぁ……ｗ〉

〈これ、遠回しに俺等《ら》のこともディスってるぞｗ〉

そうだよ。ディスってるよ。遠回しにすらしてないよ。直《じか》にディスってんの。

僕の言動、行動を振り返ってみてよ。

「何も僕は取り繕ってない。ありのままの僕で生きてるんだ。少しは見習って欲しいね」

〈取り繕えよ、お前は〉

〈脊髄反射で生きてるバカがよ〉

〈ありのまま過ぎるんだよｗ〉

〈社交性皆無のドクズ人間がなんか言ってる〉

〈探索者クズしかいない定期〉

〈間違いない〉

「性格良い奴はすぐ死ぬし、良識ある人はそもそも探索者にならない、って聞いた」

僕の場合は金が欲しいわけでも、地位とか名誉を得たくて探索者になったわけでもないからね。しいて言うなら暇潰し？

暇潰しの結果、世間を騒がせてるんだよね……？

愉快犯かな？

「ま、とりあえず教えてくれるなら聞こうかな。目の前に敵がいる状況だけど、全然何かする気配ないし」

　スノラビくんは何もせずにジッと僕を愛くるしいつぶらな瞳で見つめてくるだけだ。その度に僕の警戒心とかがガリガリ削られていくのを感じる。……あ、元から警戒心なんて持ってなかった。

〈偉そうだなこいつ〉

〈人に教えを請う態度か？　あぁん？〉

〈請ってないんだよなぁ〉

〈《タケシ》感謝申し上げます〉

〈《タケシ》スノーラビット。中層から中下層に出現する兎のモンスターで、どの国のダンジョンでも違いはあれど出現していることが確認されている。見た目はただの愛くるしい兎。大きさも通常の兎サイズでしかない。――しかしッ！　この世で最も悪辣な一族である！　奴らは見た目で油断させて首に食らいつく。顎、とりわけ歯の発達は凄《すさ》まじく、噛みつくというより抉《えぐ》り取《と》る、と表現した方が正しい。奴らの攻撃パターンは、第一が有無を言わさぬ不意打ち。体軀《たいく》の小ささを利用して、陰から首に向かって狙い撃ちをするのが特徴的。突進力に優れているため、大抵の探索者はここで命を散らす。しかし、不意打ちが躱された場合、奴は何もせずにジッとこちらを見つめ、その可愛さで油断させようとしてくる。しかも、こちら側が近づいても、本当に殺れる時までは、か弱い兎の振りをするのだ。当然、背を向けて逃げたら後ろから強襲。その周到さと悪辣さ。種族特性である首を狙ったスプラッタ劇。当然、嫌いなモンスターランキングでは20年連続ナンバーワンを飾り、多くの探索者、視聴者にトラウマを植え付けたモンスターだ〉

「長い。二行で」

《《タケシ》外道。首チョンパだいちゅき。不意打ち躱されたら殺れるまで様子見。逃げれない。みんな大嫌い〉

「把握しました」

本当に長文説明するバカがいる?

もっと簡潔に分かりやすく説明して欲しいものだよ。

「やれやれ。僕の理解力を知りながら長文説明するなんてね……」

僕は首を振って呆《あき》れとともに白いため息を吐き出す。

〈い　つ　も　の〉

〈自虐しておきながら責めてるんだよなぁ……w〉

〈スノラビよりたちが悪いよ、お前〉

〈上位探索者に説明させておいて要約させるのやめろw〉

〈とにかくスノラビがヤバい、ってのは伝わった〉

「そうは見えないんだけどなぁ。タケシさんの説明の場合、バチバチに私怨入ってたし」

確かに種族は〈デビルスノーラビット〉だった。

種族名にスノーラビットって名前が入っている時点で、大体の性格とか特性は一致しているに違いない。

自称研究家のタケシさんの言うことも、十割とは言い切れなくてもほとんどは合っているんだろうさ。

「でも、狼くんには紛れもなく自我があった。あの場合は怒り一辺倒だったけど……。知能があるなら飼えるかもしれないじゃん？　試してみても損はないと思うんだ。見てよスノラビくんの無害そうな瞳。首を傾げるその姿。無抵抗な相手を問答無用で殺すなんてこと、僕にはできない」

これが歯を剝き出しにして襲いかかってきた、っていうんだったら僕は討伐に前向きだったさ。

でも、スノラビくんは無防備に僕の前に姿を晒している。

無抵抗の相手を殺すなんて卑怯《ひきょう》じゃないか!!

〈あれ、ボックスくん……〉

〈無抵抗……うっ、頭が……〉

〈モンスター倒して嗤《わら》うやつが今更何を〉

〈外道が今更正義ぶったって遅ぇよｗ〉

「僕のこと何だと思ってるの？　流石に情くらいあるよ。……好きなもの限定で」

〈あ、こいつボロ出した〉

〈選《え》り好《ごの》みしてんじゃねぇかｗ〉

どうでも良い相手に情けをかけられる程僕の懐は深くないんだよねぇ。そんなことしてたら平気で搾取されちゃうし。自助の精神で頑張って。

「と、に、か、く！　僕は信じても良いと思うんだ。スノラビくんの良心をさ。……というわけで」

　僕は大きく息を吸って……寒い痛い！

　……気を取り直して笑顔で叫ぶ。

「――ドキドキっ！　スノラビくんに餌付け作戦！」

〈あ、はい〉

〈どうせ失敗するんだろ。知ってる〉

《ＡＲＡＧＡＭＩ》《¥5,000,000》

〈無言スパチャ怖い〉

〈ガチ感を感じる……ｗ〉

〈まあ、ガチなんだろうよｗ〉

《Ｓｉｅｎｎａ》あー、うん。首狩っちゃって良いよ、スノラビ〉

〈首姫が自らのアイデンティティを託した……!?〉

〈託したのモンスターだけどな〉

〈草〉

　酷い！　酷いよ、シエンナさん!!

　ぶっちゃけスキル玉の情報以外役に立ってないからどうでも良いけど!!　僕は誰にも媚《こ》びないし過去も失敗も省みないからね。キリッ。

　いや、ただの学ばないクズじゃん。

そう、客観視できるクズとは僕のこと。

「何食べるんだろ。兎って言ったら野菜、とりわけ人参《にんじん》のイメージが強いけど」

昔行った動物園で兎の餌やり体験をしたのを思い出す。

なんか人参より僕の指先に噛みつく兎が多かったんだよなぁ……。もしかして兎ってモンスターにかかわらず肉食なのかな？

〈人参じゃね。知らんけど〉

〈イメージは人参だけど、そもそもモンスターって物食うのか？〉

〈狼くん……〉

〈世迷肉《よまい》食ってたな、そういえば〉

〈なんか嫌だその響きｗ〉

〈世迷肉は草〉

〈食ったらアホになるんだよな、知ってる〉

〈状態異常アイテムで草〉

「僕のＩＱが詰まったお肉だからね。まあ、バカになるよ、そりゃ。頭の残念さは自他共に承認されてる事実だし」

だからって謎の名前を付けられるのは嫌なんだけど。名字だし。名前なら良いってわけでもないけどね？　名字だと対象が増えちゃうから。

〈無いＩＱを詰めようたって、ねぇ……？〉

〈バカにつける薬はないんだよ〉

「とにかく人参……。うーん、手元にないし、食糧買《か》い漁《あさ》って人参出るまでリセマラするのもフードロスがどうのこうのとか言われそうだしなぁ」

やっぱり環境に良くないことはするべきじゃないよね。

今までの食糧だって全部無駄にせずに完食した。最初から何作るか示唆されているから、ってのもあるけど、そうじゃなくても無駄にするのは気が引けるよ。

〈なぜそこだけ真面目なんだ……w〉

〈今更何しても炎上することないだろ〉

〈もう燃えてるものに何突っ込んでも意味ないんだよな〉

〈爆発（物理）はしたけどな〉

〈草〉

〈状況的に気にしてられないだろw〉

〈世迷がフードロスを知っているだと……⁉〉

〈何も信用されてなくて草〉

リスナーのコメントはさておき、チラリとスノラビくんを見るも、どうにも悪い風には思えない。みんな考え過ぎなんじゃないかなぁ。

散々良心に裏切られてる僕でも、最初は信じようと努力しているんだ。何事も実態を知ってからじゃないと誤解しちゃうからね。

「ちょっと撫《な》でてみようかな」
最後に動物園に行ったのは小学生の頃だし、身近に動物を飼っている友達がいなかったのもあって動物との触れ合いに飢えていた。
この殺伐としたダンジョン生活の中で癒《いや》しが欲しかった、ってのは再三言ってるね。もふもふは正義だよ。
《《ＡＲＡＧＡＭＩ》君に支払った分のエンターテインメントを期待している》
《一方的に支払っておいて厚かましいぞ世界二位ｗ》
《享楽主義者くんさァ……ｗ》
《享楽主義者はリスナー全員に言えるんだよな》
《《Ｓｉｅｎｎａ》いけ！　スノラビいけ！　やれ！》
《アンチおるｗ》
そういえばアラガミさん、無言で五百万スパチャしてたね。期待に添えるかは分からないけど精々頑張りますよ、っとスノラビくんに近づいていく。
「きゅう？」
「あ、可愛い」
近づいても警戒するどころか甘えた鳴き声まで発するスノラビくんは、控え目に言って最高だった。
そのまま僕はスノラビくんの真正面にしゃがみ込んで、そっと頭に手を這《は》わせた。

「おぉ……！　ふわふわしてる！」

「きゅいっ♡」

スノラビくんの毛並みは、野生とは思えないほどに整っていてふわふわしていた。触り心地がすごい。ペルシャ絨毯《じゅうたん》みたいだ。ペルシャ絨毯触ったことないから知らんけど。

〈良い感じじゃね……？〉

〈あれ、これ成功しちゃう感じ？〉

〈世迷はブリーダーの才能があった……⁉〉

〈狼くんは……〉

「ふっ、やっぱりさ。君たちの目がどれ程曇ってたか分かるよね。どう？　フラグを回避してみせた僕に何か言いたいことがあるんじゃないかな？」

と、スマホに目を移したその時だった。

なんか、撫でていた右腕がスースーするというか。

熱いというか――あ、消えたのか、そっかぁ……。

「餌付けしたって解釈でいい？」

〈安定の即堕ち〉

〈めっちゃ歯を剝き出しにしてるけど大丈夫？ｗ〉

〈ピューピュー血が吹き出てんのに余裕だなこいつ〉

〈食われた時も眉一つ動かしてなかったぞｗ〉

〈鈍感すぎて気づかなかっただけだろ〉

「痛いには痛いんだよねぇ……復活……と同時にさよなら右手」

ポーションを飲んで生えかけていた右腕を再びサクッと食われちゃった。てへぺろ。

スノラビくんは何か不思議そうな顔をしているけど、首を狙わないのかな？　なんか物欲しそうな期待してるような？

僕はまたポーションを飲む。

そして食われる。

ポーションを飲む。

食われる。

これを何度か繰り返すと、スノラビくんは僕の腕が復活しても遂《つい》に食べなくなった。

どこかスノラビくんは会った時よりもふっくらしていて、お腹《なか》はぽっこりと膨らんでいる。

表情は満足げで、こぷっと可愛らしいゲップをするくらいだ。

「お腹いっぱいってこと？」

〈うっそだろおい〉

〈首狙うよりも復活する右腕に狙いを定めたのか……〉

〈マジで餌付けじゃね？ｗ〉

〈世迷の顔がたんとお食べ菩薩《ぼさつ》の笑みに……！〉

〈顔だけなら悟ってんだよな、こいつ〉

〈やってることが修行僧の百倍は酷い〉

〈自らに課した縛りと他人を振り回すセンスがキモい〉

「きゅい、きゅい」

スノラビくんは、期待するようなキラキラした眼差《まなざ》しで僕のことを見上げた。

「ふむ」

《《タケシ》こんなことが……》

《《ARAGAMI》つまらないな》

〈何を期待してるんだよｗ〉

〈期待に添えなかったようで〉

〈スノラビが可愛く見えてきた〉

〈俺らのトラウマが遂に消える……!?〉

どこか白《しら》けた空気が漂うのを感じた。

理由は酷いものだけど、言わんとしていることは理解の範疇《はんちゅう》だ。

「だよね。僕の腕食べました。餌付けしました。はい、仲良しです！　仲間になります！　とかさ
――つまらなくない？」

スノラビくんがコテン、と首を傾げたのを見て、僕は優しげな表情で笑う。何もかも許してあげよう、という聖人の微笑《ほほえ》み。

「そんなご都合主義展開とか僕は別に望んじゃいないわけ。君が仲間になったからって有利になる

か、って聞かれたら別にそうでもないと思うし」

愛くるしいモンスター。

その裏の顔は、幼気《いたいけ》な表情で同情を誘って首チョンパする手法。

とどのつまり、再三言ってるようにモンスターに慈悲はないわけで。……僕もコロコロ意見変えてるけど。

「僕の腕を食った罪は……軽いか。まあいいや」

そのまま僕はスノラビくんに手を伸ばして、

「《一魂集中》」

――スノラビくんの体が丸ごと消し飛ばされた。

「よしっ」

〈あァァァァァ！！！！！〉

〈スノラビィイイイ！！！〉

《《S・i・e・n・n・a》動物愛護団体に訴えてやるぅぅぅ！！！！〉

〈許せねぇぇぇぇ！！！！〉

《《A・R・A・G・A・M・I》これこれ〉

〈よし、じゃねぇよw〉

〈散々講釈垂れた後に訴えるのは暴力〉

〈脳筋じゃねぇかw〉

「いや、よく考えてよ。ポーションで復活しなかったらお命頂戴されてたでしょ？　タケシさんの言った生態通り、ってのが分かったんだから、真面目に倒した僕が何かを言われる筋合いはないと思うんだ」

〈おめーに慈悲とか情はねーのかよ！〉

〈バクバク腕食わせる奴に情はないか、よく考えたら〉

〈心が狭いのか広いのかどっちなんだよｗ〉

〈沸点が理解できねぇ……!!〉

〈トラウマが更新された……！〉

やっぱりモンスターに愛着とかなかった。

ペットにしたところで役に立たないと思うし。僕の指示を聞くとは思えないのと、お腹空いたら寝首搔《か》かれるのは決定事項だからねぇ……。

「何を好き好んで虎視眈々《こしたんたん》と命狙ってくる奴と一緒に過ごさなきゃいけないのさ。そんなのドＭでしょ。しかも僕はスノラビくんが人を襲わない無害な存在だと信じたんだ。でも、結果は僕の腕にむしゃぶりついてたわけだし有害。よって有罪。理解した？」

〈正論なだけに得心がいかないなｗ〉

〈世迷《よま》い言《ごと》じゃない……!?〉

〈モンスターに餌付けしようと最初に考えただけで頭がイカれてるんだよなぁ……〉

うるせぇやい。

僕は一度だけチャンスを与えるんだよ。

慈悲深いからね！　なんちゃって。

僕は右腕があった場所を眺めながらそんなことを考える。

《一魂集中》のデメリット効果で、僕はしばらく消えた右腕を回復させることができない。

足じゃなかっただけまだマシだし、血がだらだら出るわけでもなく最初から無かったかのように消えているのが有り難い。失血死の心配をしなくても済むし。

「じゃ、気を取り直して休憩所を探しに行こう」

〈気を取り直せないんだよなぁ……〉

〈あぁ、スノラビ……〉

〈見た目に騙されるな、からのリスナーの手のひら返し〉

〈俺、ちょっと今からダンジョン潜ってスノラビ探すわ！〉

〈首チョンパ確定演出〉

「僕の真似《まね》をするのは結構だけど、わりとギリギリのラインで生き抜いてるから多分死ぬと思うよ。自分の悪運を信じながらやりなよ」

ここまで来られたのも奇跡だからね。

何かが掛け違ってたら、僕はこの場に立つことすらできずにマグマ階層で死んでいる。

つまり、僕は生き抜くプロってことだよね。多分。

素人がプロの真似したら危ないに決まってるよ、うん。素人は黙って僕の配信を見ていることだ。

〈ギリギリのギリギリのギリギリで生きてる男〉

〈冥界「あいつまだかな」〉

〈草〉

〈自覚あったのか〉

さーて、行くぞぉ！

僕はふんふん鼻歌を歌いながら吹雪の中を歩く。

何だかんだの珍道中。

僕の脱出はまだ遠い。

あとがき

はじめまして。恋狸《こいだぬき》と申します。

この度は『リスナーに騙されてダンジョンの最下層から脱出RTAすることになった』を手に取っていただき誠にありがとうございます。

本作は所謂《いわゆる》『ダンジョン配信』という真新しいジャンルをどう面白く書くことができるか、という挑戦を核に書き上げたものになります。

執筆していく上で苦労したことは、話の構成とギャグシーンです。

物語を組み立てる……簡潔に言えば、書籍一巻分を綺麗にまとめる、という作業は、楽しさを伴いつつも苦労しました。

さて……ギャグシーンですが、この苦労を語るにはページ数が足りませんので簡潔に。

ギャグとは何か。

私の中のイメージでは、人を笑わせることができるモノ。それはきっと、世間一般的な認識と相違はないと思います。

ですが、人を笑わせる。この難しさは筆舌に尽くし難《がた》いものとなっております。

何せ、人によって笑いのツボが違うからです。当たり前です。当たり前だからこそ、ギャグは難しいのです。

皆様も経験があると思います。

自分はそんなに笑えないな……と思ったことに友人が大爆笑していて「何がこんなに面白いんだろ……」みたいな場面。

これは単に笑いのツボの違いだと思います。

だからこそ、人を笑わせるものを書くぞ！　と意気込んだとて「はて、人を笑わせるとは何ぞや。笑いとは何か」と、若干哲学染みたことを考えてしまいます。

自分にとって笑えることでも、他の人にとっては笑えないことなのかもしれない。そんな葛藤が頭を過《よぎ》ることもありました。

ですが、私は「それで良い」と思うことにしました。他人にとっての笑いを追求するよりも、自分が笑って……楽しみながら作り上げた作品の方が作者の心意気を感じられるのではないか、と。

私はそう、思いました。

本作は、作者も全力で楽しんだものとなっております。当然、執筆時間帯は深夜です。深夜テンションです。作者の頭の中は世迷言《よまいごと》葉《は》そのものです。

あの主人公はまともなテンションでは書くことなど到底できません。

そうですね……時折作者の想像すら飛び越えて、突飛な行動を取り始める世迷言葉にも苦労しました。

Ｗｅｂ版の小説へのコメントでも、あいつの頭の中どうなってんの？　や、こいつ産み出した作者頭おかしいんじゃねぇか（褒め言葉）、などが見られましたが、正直私にも分かりません。何でこんな怪物が出来上がったのか。

ですがまあ、この怪物は人を笑わせることができるものだと思っております。

どうか皆様にはこの主人公を見守っていただければと、心から願っております。

また、この作品を手に取られた方が爆笑して幸せな気分になられていることを願っております。

最後になりますが、本作を出版するにあたって魅力的なイラストを手掛けていただいたイラストレーターの都月梓《とづきあずさ》先生、お世話になりました担当編集のSさん。この場を借りて心から感謝を申し上げます。

またお会いできることを祈っております。

恋狸

Kラノベブックス

リスナーに騙《だま》されてダンジョンの最《さい》下《か》層《そう》から脱出《だっしゅつ》RTA《アールティーエー》することになった

恋狸《こいだぬき》

2024年2月28日第1刷発行

発行者	森田浩章
発行所	株式会社 講談社 〒112-8001　東京都文京区音羽2-12-21
電　話	出版　(03)5395-3715 販売　(03)5395-3605 業務　(03)5395-3603
デザイン	モンマ蚕＋タドコロユイ（ムシカゴグラフィクス）
本文データ制作	講談社デジタル製作
印刷所	株式会社ＫＰＳプロダクツ
製本所	株式会社フォーネット社

KODANSHA

ISBN978-4-06-533455-3　N.D.C.913　307p　19cm
定価はカバーに表示してあります

ファンレター、
作品のご感想を
お待ちしています。

あて先
〒112-8001　東京都文京区音羽2-12-21
(株) 講談社　ライトノベル出版部 気付
「恋狸先生」係
「都月梓先生」係

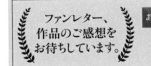